반짝반짝 빛나는
새벽별처럼
너 홀로 빛나라

반짝반짝 빛나는 새벽별처럼 너 홀로 빛나라

초판 1쇄 인쇄   2011.12.15
초판 1쇄 발행   2011.12.20

지은이 | 발타자르 그라시안
옮긴이 | 장강
펴낸이 | 안희숙
펴낸곳 | 밀리언셀러
주소 | 서울시 마포구 합정동 427-6, 2층
전화 | (02)3143-2660  팩스 | (02)336-0402
이메일 | kjh1341@naver.com
출판등록 | 2009년 7월 30일 제2009-12호

ISBN   978-89-963196-7-2   03840

반짝반짝 빛나는
## 새벽별처럼
# 너 홀로 빛나라

Sparkle yourself Like twinkling Morning Star

발타자르 그라시안 지음 • 장강 옮김

밀리언셀러
million seller

Wisdom of Balthasar Gracian

# 프롤로그

신비스러운 책은 그대의 길 안내로 충분하지 않은가.
그것으로 별의 운행도 알 수 있고
자연의 가르침을 받으면 영혼의 힘이 눈을 떠
구름과 구름이 서로 어떻게 말하고 있는지 알 수 있다.
생동하는 자연이 그대 앞에 나타나고
지금 비로소 지혜의 의미를 이해하게 된다.

그대의 몸에 날개가 돋아서
저 해의 뒤를 어디까지라도 쫓아갈 수 있다면
날고 싶다고 생각하는 마음의 날개를 따라
육체의 날개가 돋아서 날아갈 수 있다면

하지만 그것은 쉬운 일이 아니다.
일어서라, 그대여!
속세에 물든 가슴을 아침 노을 속에 씻어내어라.

괴테, 「파우스트」에서

# 지혜에 대하여

　지혜를 인생의 초석으로 삼아라. 지혜는 어둠의 세상을 밝히는 빛이다. 우연에 이끌리지 말고 냉철한 이성으로 미래를 설계할 수 있어야 한다. 만남을 귀중하게 여기고 하나씩 지혜를 쌓아올려서 행복을 만들어라.

　지혜는 인생의 깊이를 재는 척도가 된다. 어느 지방에 비옥한 농토와 수많은 재산을 소유한 사람이 있었다. 그의 행동은 몹시 건방지고 거만했기 때문에 마을 사람들로부터 비난을 받았다.

　하지만 그 지방 사람들의 대부분이 그 남자에게 고용되어 있어서 아무도 반항하려고 하지 않았다. 그는 어느 누구의 존경과 사랑도 받지 못했으며, 주위에는 기회만 있으면 그를 이용하려는 사람들이 들끓었다. 많은 사람들이 그를 불쌍하다고 생각했다. 만약 그 소유물에 필적할 정도의 정신적인 산물을 갖고 있었다면 그는 얼마나 위대한 사람이 되었을까? 그는 지혜를 갖추지 못했기 때문에 이 세상에서 가장 풍요로운 패배자가 되었다. 인생의 승리는 물질적인 풍요를 통해 얻어지는 것이 아니다. 오직 세상을 보는 지혜만이 인생의 지침이 될 수 있다.

지혜의 성은 토대를 단단하게 굳히고 이성을 발판으로 삼아서 만드는 것이다. 오랫동안 여행을 하면 몸과 마음이 지치기 마련이다. 그럴 때에는 편안하게 휴식을 취하고 활력을 회복할 수 있는 공간이 필요하다.

인생의 길도 역시 여행과 같은 것이다. 지적인 자극을 받아들이고 지혜를 쌓지 않으면 언제인가는 넘어지게 된다. 지혜의 빛 속에서 살고 철학의 세계를 탐구하는 것은 그대에게 주어진 가장 고귀한 재산이다. 전지전능한 신은 지혜를 성수로 삼아 축복의 빛을 내린다.

지혜를 인생의 좋은 설계자로 삼아라. 애정은 숨기는 것이 아니라 드러내는 것이다. 누군가를 사랑하는 것은 자연스러운 일이다. 망설이지 말고 애정을 표현하는 일에 최선을 다하는 것이 좋다. 지금까지 그대가 받았던 애정을 기억하면서 미처 짐작하지 못했던 따스한 말과 행동이 그대에게 얼마나 큰 용기를 주었는지 생각하라.

나는 지금 인생의 황혼기를 맞이하고 있다. 지난 삶들을 서서히 정리해야 하는 시기가 된 것이다. 영원한 안식에 들어가기 전에, 나는 감사의 마음에서 무엇인가 세상에 도움이 되는 것을 남겨 두기로 결심했다.

생애의 귀중한 사건들을 기록하는 것은 후대를 위한 신성한 의무라고 할 수 있다.

내가 항상 원했던 것은 진실을 탐구하는 일이었으며, 더 나아가 지혜를 익히려고 하는 사람들에게 그것을 설명하는 일이었다. 혹독한 고통과 참기 어려운 절망도 시간이 흐르고 나면 지혜의 등불을 밝히는 원천이 되었다.

나는 고통 속에서 빚어진 지혜의 도자기를 막 구워내고 있지만, 누구에게 읽히려고 하는 목적이 있는 것은 아니다. 그러나 이 책이 합당한 자의 손에 들어가서 세상에 빛을 던질 수 있도록 신이 선처해 주실 거라고 믿는다.

# 마음을 열어라
Open Your Heart

　　그 마음 속에는 천국과 지옥이 있다. 지금 그대가 살고 있는 세상은 그 중간에 위치해 있다. 그렇기 때문에 세상을 얻은 것처럼 행복하기도 하지만 때로는 가슴이 찢어질 정도로 고통스럽다. 세상, 그 자체는 아무것도 아니다. 단지 그대의 마음이 달리 보이는 것이다. 그대의 삶은 천국에 대한 동경과 지옥에 대한 공포에 의해 이루어진다. 점차 성장하면서 그대는 인생의 길을 걸어간다. 그리고 그대에게 주어진 운명을 받아들이고 그 일에 동요하지 않는 것이 지혜라는 사실을 배운다.

　　시간이 갈수록 인생은 더욱 복잡하게 되지만 마치 산의 정상에 서면 계곡과 구름이 발 아래 보이듯이 세상을 보는 지혜도 한층 크고 깊어진다. 지혜라는 작은 그릇에 세상을 담을 수 있게 되는 것이다. 삶이 그대에게 주는 지혜를 통해 항상 세상을 내려다 볼 수 있다면 반드시 행복을 찾게 될 것이다.

# 우정은 매우 소중하다

Friendship is very prized

　항상 가까이 있어서 좋은 친구가 있고 멀리 떨어져 있어서 좋은 친구가 있다. 진실한 우정을 유지하는 것은 새로운 친구를 만드는 것보다 더욱 중요한 일이다. 세상을 얻는 비결은 좋은 친구를 만드는 것보다 더욱 중요한 일이다. 세상을 얻는 비결은 좋은 친구 관계를 유지하는 것이다.

　친구를 가질 수 없다면 그대는 고독할 수밖에 없다. 우정을 키우는 요령은 어떻게 하면 그 친구의 장점을 키울 수 있는지 알아내는 것이다.

# 우정은 서로 나누는 것이다

Friendship is about sharing with each other

　　깊은 우정을 나누면 나의 장점도 더욱 커지게 된다. 가장 좋은 친구는 나에게 진심어린 충고를 하는 그런 친구라고 할 수 있다.

　　비록 그 말이 듣기 싫고 때로는 귀를 아프게 하는 말이라도. 최초의 만남은 미숙하고 낯설겠지만 마음을 열게 되면서 우정도 깊어진다.

　　친구가 없는 것보다 쓸쓸한 일은 없다. 우정은 행복을 더해주고 슬픔을 덜어주기 때문이다.

# 행복에 이르는 길은 무수히 많다

Countless ways to the happiness

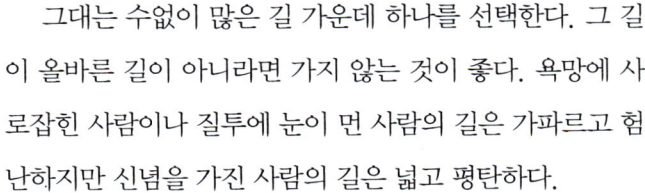

  그대는 수없이 많은 길 가운데 하나를 선택한다. 그 길이 올바른 길이 아니라면 가지 않는 것이 좋다. 욕망에 사로잡힌 사람이나 질투에 눈이 먼 사람의 길은 가파르고 험난하지만 신념을 가진 사람의 길은 넓고 평탄하다.

  그대는 행복이나 불행을 맞이하면서 살고 있다. 그렇지만 인생을 바라보는 시각에 따라 불행이 행복으로 변하기도 한다.

# 불행에서 벗어날 수 있는 한 가지 법칙
One rule to break yourself free from misery

그것은 행복의 눈빛으로 세상을 바라보는 일이다. 모든 일에 만족하면서 살아가는 사람도 있지만 언제나 슬픔의 강에 자신의 몸을 던지는 사람도 있다. 슬픔으로 자신의 몸을 적시는 사람은 행복할 수 없다.

그대의 눈동자 속에 행복이 깃들어 있다면 세상은 온통 환할 것이다. 지혜의 빛을 따라 걸어가면 그 길이 보인다.

# 욕망의 노예가 되고 싶지 않다면 먼저 자신의 감정을 적절하게 조절할 수 있어야 한다

Learn how to control your emotions first,
before you become the slave of your desire

　욕망에 이끌리는 사람은 자신의 책임과 의무를 다할 수 없다. 지혜로 자신의 영혼을 가꾸려면 변덕스러운 감정을 통제할 수 있어야 한다.

　수학 문제를 푸는 소년이 얼굴을 찡그리면서 썼다가 지우고 또 처음부터 다시 문제를 풀어나가는 사이에 점점 의욕을 잃어버리는 것은 어째서일까?

　그것은 소년이 아직 자신의 집중력을 통제하는 방법을 모르기 때문이다. 조금 전까지는 문제를 잘 풀어가고 있었는데 무엇인가 다른 생각이 머리를 스쳤거나 혹은 어떤 일에 시선을 빼앗겨서 계산의 흐름을 놓쳐 버린 것이다.

　다른 곳으로 이끌리는 욕망을 다시 제자리로 돌려놓을 수 있을 때 그대는 한층 높은 삶을 살아갈 수 있다.

# 말은 마음을 비추는 거울

Your words are the mirror of your mind

　훌륭한 대화를 나누는 기술을 터득하라. 그것은 설득의 기술이다. 다른 사람의 의지를 자신의 뜻대로 움직이는 것은 하나의 기술이다. 말을 잘하는 것만으로는 충분하지 않다. 미리 예측할 수 있어야 한다.

　속임수를 피하려면 예측할 수 있는 능력이 필요하다. 직장을 얻기 위해 면접을 받고 있는 응모자는 심사관의 질문을 미리 예상하면서 어떠한 질문을 던져도 즉시 대답할 수 있는 태세를 갖추고 있어야 한다. 그것은 선전포고 없는 작은 전쟁이다. 대답을 들으려면 질문을 하는 수밖에 없다.

　광물이나 야채의 성분보다도 사람의 성격이나 품성을 아는 일이 더욱 중요하다.

# 우정을 나눌 때,
# 여러 가지 측면에서 너무 차이가
# 나지 않는 상대와 교제하는 것이 좋다

When it comes to a friendship, it is always better to make friends with those who are not too different from yourself

나보다 몇 배나 유능한 사람이라면 마음 속으로 은근한 질투나 적의를 느끼게 된다.

또한 성공과 거리가 먼 사람은 아무리 열심히 외모를 꾸미더라도 출세한 사람과 함께 있으면 마음이 편할 수가 없다. 행복은 그대가 스스로 만들어가는 것이다.

# 겸손은
# 그대를 더욱 크게 보이도록 만든다

Modesty can make you look bigger than you are

　　현명한 사람은 학문의 깊이가 깊을수록 자신을 낮춘다. 그대의 마음 속에는 적지 않은 허영심이 깃들어 있다. 자신의 가치는 항상 과대평가하고 다른 사람의 가치는 아무래도 인정하지 않을 수 없는 최소한의 가치만 인정한다.

　　하지만 그대는 자기 자신을 정확하게 알 필요가 있다. 자신을 과대평가하는 것은 병 속에 담아 놓은 포도주보다 더 많은 양의 포도주를 억지로 꺼내려고 하는 것과 같다. 그것은 몹시 어리석고 불가능한 일이다.

　　서로 비슷한 지식을 갖추고 있을 때, 자신을 낮추는 겸손한 사람이 자신을 높이는 건방진 사람보다 더욱 훌륭하다는 평가를 받는다. 겸손한 마음이 흔들리지 않으려면 올바른 자기 인식을 하고 있어야 한다. 자신의 능력에 대해 겸손한 태도를 갖추는 것이 성장의 출발점이다.

# 신이 그대에게 주었던
# 가장 신다운 선물은 바로 중용이다
## Moderation is the most heavenly gift given to you by God

삶의 순간마다 항상 중용을 유지해야 한다. 조화로운 삶
은 중용에서 비롯된다. 저명한 작가가 글을 발표하면 사람들
은 그것을 극구 찬양하지만, 동일한 주제에 대한 다른 견해
를 언급하면 역시 거기에도 감동해서 칭찬을 늘어 놓는다.

많은 사람들이 그 당시의 기분에 맞추어 정서적으로
반응하기 때문에 때로는 더할 나위 없는 행운을 손에 들고
있으면서도 불만을 품고 불운의 극치에 있으면서도 단족
스러운 미소를 짓는다. 사실은 전혀 그렇지 않지만 일시적
인 기분에 따라 불행에 빠지기도 하고 행복에 젖어들기도
한다. 과거에 대한 그리움으로 시간을 흘려 보내는 사람도
있고 다가올 미래에 대한 꿈에 부풀어오른 사람도 있다.

그러나 매사에 있어서 치우침은 좋지 않다. 무슨 일이
있어도 웃는 사람이나 무슨 일이 있어도 우는 사람은 결국
다 같이 어리석을 뿐이다.

# 중용은 가장 적절하고
# 잘 어울리는 것이다

Moderation means to be most appropriate and fitting

마음의 중용은 적절한 생각을 받아들이고 어떤 사건이나 사람에 대해 알맞게 대응하고 그런 것들의 중요성을 과장하거나 경멸하지 않는다는 것을 의미한다

언제 어디서나 균형잡힌 생각을 유지하면서 긍정적인 방향으로 유도하고 부정적인 양상을 내버리는 마음을 유지하고 있다면 그대에게 커다란 위안이 될 수 있을 것이다. 중용의 마음을 가지는 것은 충분히 가능한 일이다.

그렇지만 중용을 받아들이기 전에 먼저 그대는 준비를 해야만 한다. 뒤틀린 성품을 올바르게 고치는 일, 불쾌감을 잊어버리는 일, 담담한 마음으로 불행에 대처할 수 있는 일, 고통에 대해 인내할 수 있는 일을 훌륭하게 처리할 수 있어야 하는 것이다.

# 명예를 생명처럼 소중하게 여겨라
## Cherish honor as preciously as life

나의 명예와 관계되는 일은 절대로 다른 사람의 손에 맡길 수 없다. 신뢰할 수 없는 사람에게 나의 명예와 밀접한 관계가 있는 중대사를 맡겨서는 안 된다. 가능한 한 자신의 진지에서 승부를 겨루어라.

때로는 명예가 운명을 결정할 수도 있다. 그러나 어쩔 수 없이 그렇게 할 수밖에 없는 경우에는 경계심을 늦추지 말고 그 일에 대한 책임과 위험부담을 서로 나누도록 해라. 상대가 배반해서 나에게 불리한 증언을 하지 못하도록.

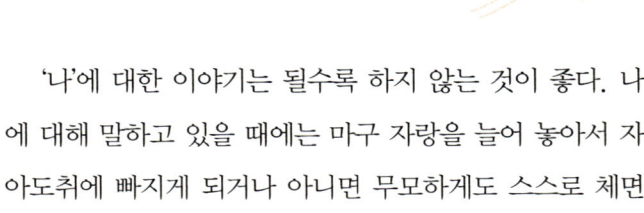

# 대화를 하는 법
## The art of conversation

'나'에 대한 이야기는 될수록 하지 않는 것이 좋다. 나에 대해 말하고 있을 때에는 마구 자랑을 늘어 놓아서 자아도취에 빠지게 되거나 아니면 무모하게도 스스로 체면을 손상시키게 된다.

지나칠 정도로 자신을 드러내는 일은 어색함을 부르고 상대에게 고통을 주는 경우조차 있다. 많은 사람들이 있는 곳에서 나를 대화의 주제로 삼으면 어리석은 인상을 주는 위험을 범하게 된다.

또한 그 자리에 있는 사람에 대한 화제도 같은 위험을 내포하고 있다. 그 사람을 지나치게 추켜 세우거나 혹은 함부로 비난하게 된다면 대화는 암초로 돌변해서 배를 침몰시키고 만다. 두 가지의 바위 가운데 어느 쪽에 부딪치더라도 배는 좌초할 수밖에 없다. 위험을 가볍게 보아서는 안 된다. 어리석은 자가 한 번 불 속으로 뛰어들면 좀처럼 나올 수 없는 상황이 되기 때문이다.

# 지식의 창을 통해 세상을 바라본다
Looking at the world through the window of knowledge

그대는 지식을 축적하는 것이 아니라 두뇌를 연마해야 한다. 교육의 가장 큰 목적은 두뇌를 연마하는 것이다. 두뇌란 본래 거칠고 자유로운 야성의 종마와도 같다.

사물의 이치에 대해 사고하는 일은 두뇌를 현명하게 길들이는 과정이다. 어느 누구라도 좋다. 두뇌를 연마한 적이 없는 사람에게 몇 가지 문제를 보여준다.

그리고 어느 한 개를 마음대로 선택한 후에 그 문제에 대해 철저하게 끝까지 생각하도록 시켜보라. 그 사람은 결코 문제를 끝까지 풀어갈 수 없다. 그가 선택한 문제에 대해 고민하지만 잠시 후에는 전혀 엉뚱한 일들에 대해 생각하기 시작한다.

처음에는 산만한 사고에 대해 반성하면서 이번에는 주의를 집중하겠다고 다짐하지만 자신이 의식하지도 못하는 사이에 다시 혼란 속으로 빠져들고 만다. 이런 과정을 반복하는 사이에 결국 실망하거나 단념하고 그렇지 않으면 잠들어 버린다.

그렇기 때문에 지금 무조건 지식을 쌓아가는 것보다 지식을 몸에 익히며 미래에 대비하면서 두뇌를 연마하는 편이 더욱 중요하다.

지식을 익히기 위해 억지로 애쓸 필요는 없다. 시간이 흐르면 결국 지식의 창고는 가득 차게 되는 것이다.

# 한 번 쏘아버린 화살은 되돌릴 수 없다
# 한 번 내뱉은 말도 주워담을 수 없다

Once shot, arrows cannot return.
Once spoken, words cannot be taken back

적을 대할 때에는 신중하게 말을 선택하라.

말은 마치 전령 비둘기와도 같아서 처음 떠났던 둥지로 반드시 돌아오게 마련이다.

예리한 칼에 의해 생긴 상처는 의사의 치료를 받을 수 있지만 말에 의해 생긴 상처는 도저히 치유할 수 없다.

# 위대한 업적은
## 결코 하루 아침에 이루어지지 않는다

Great achievement is not built overnight

한 방울 한 방울의 땀이 모여서 그 결실을 맺는다. 인내심은 지혜를 얻을 수 있는 좋은 방법이다. 그러므로 인내심이 없는 사람은 파도치는 바다를 항해하기 힘들다. 하지만 지혜는 험난한 바다 저편에 있는 것이다.

인내심은 성과를 올리는 일에 반드시 필요한 조건일 뿐만 아니라 확실한 성공을 보증하는 것이기도 하다.

그대는 낙천적인 희망에 불타오른 채 하루 아침에 무슨 일이든지 달성하기 위해 조바심을 내는 경우가 많다.

# 시간을 두고 힘을 길러라

Take time when you build your powe

    이제 막 알에서 깨어나온 어린새는 하늘로 비상하기 위해 아무리 날개를 퍼덕여도 날아갈 수가 없다.

    보송보송한 솜털이 달린 날개로는 회오리바람을 견딜 수가 없는 것이다.

    그러나 그대는 자주 단숨에 세상으로 달려나와서 거인을 쓰러뜨리기 위해 주먹을 휘두른다.

    팔은 아기처럼 가냘픈 주제에.

# 지식은 그대의 영혼을
# 더욱 풍요롭게 가꾼다
Knowledge is what cultivate and grow your soul

사물을 분간할 수 없는 어두운 방을 환하게 밝히는 것은 지식의 불꽃이다. 지식을 얻는 데에는 네 가지 방법이 있다.

첫째는 오래 사는 것, 둘째는 여행을 많이 다니는 것, 셋째는 열심히 독서하는 것, 넷째는 지혜로운 친구와 대화를 나누는 것이다.

# 성장은 영혼을 가꾸는 일이다
You grow when you cultivate your soul

그대의 육체는 25년 동안 성장하고 심장은 50년 동안 성장하지만 정신은 언제까지나 성장한다. 육체는 유한하지만 정신의 크기는 무한하다. 육체는 비록 흙으로 돌아가지만 정신은 남아서 후대로 이어진다.

인생의 절정기는 중년의 시기라고 할 수 있다. 이 시기에 사람들은 보다 완벽해지고 영혼은 성숙기를 맞이한다. 사고는 더욱 넓어지고 능력은 최대한 발휘되며 행동은 이성에 순응한다. 모든 것들이 무르익고 성숙하다. 그대는 이 시기부터 새로운 삶을 시작해야 한다.

그러나 절정기가 되어도 어떤 사람은 전혀 삶을 시작하지 않는다. 또한 어떤 사람은 날마다 새롭게 태어나는 기분으로 삶을 시작한다.

인생의 황금기를 보내는 방식에 따라 위대한 삶이 결정된다. 유년 시절처럼 무지하지도 않고 청년 시절처럼 광적이지도 않으며 노년처럼 둔하고 지쳐 있지도 않다. 정오에 태양은 가장 빛난다.

자연은 인생의 계절에 따라 다른 색깔의 옷을 입힌다. 유년에는 장미색의 옷을 입히고 청년 시절에는 파란색의 옷을 입힌다. 마침내 인생이 목적지에 도착하면 노년의 복장은 솔직해야 하므로 자연은 하얀색으로 끝맺는다.

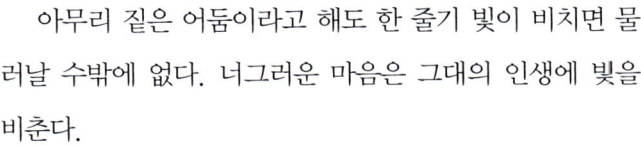

# 빛은 어둠을 밝힌다
Light brings brightness to darkness

    아무리 짙은 어둠이라고 해도 한 줄기 빛이 비치면 물러날 수밖에 없다. 너그러운 마음은 그대의 인생에 빛을 비춘다.

    사물에 대한 깊은 통찰도 수천년 동안이나 어둠에 휩싸인 동굴을 밝히는 횃불이다. 그대는 사고력의 안내를 받으면서 어떤 길이 가장 유익한 것인지 알아낼 수 있다.

    이해심도 새벽을 밝히는 여명이다. 그대는 연령에 따라서도 다른 길잡이의 안내를 받고 있다. 훌륭한 사람의 신발이 누구의 발에나 들어맞는 것은 아니지만, 가능한 그 신발로 걸어 보려는 노력을 해야만 한다. 인생에 향기를 곁들이는 것은 관용과 사고력 그리고 이해심이다.

# 집중력은
# 모래를 황금으로 바꾸는 마법이다
## Concentration is a magic that turns sand into gold

그것은 평범한 사람을 위대한 천재로 바꾸어 놓을 수도 있다. 라틴어와 그리스어의 단어는 매우 비슷해서 혼동하기 쉽고 외우기가 몹시 어렵다. 그래서 수십번이나 사전을 뒤적이는 신세가 된다. 누군가의 얼굴은 알고 있는데 이름이 좀처럼 떠오르지 않으면 실수를 저지르기 쉽다. 지난 번에 분명히 가보았던 길인데 기억나지 않으면 가슴만 태우게 된다. 왜 자꾸만 이런 일이 벌어지는 것일까? 그것은 집중력을 완전히 자신의 것으로 만들지 못했기 때문이다. 그 단어는 이미 오래 전에 외울 수도 있었을 것이다.

처음 그 단어를 알았을 때 그것이 머리 속을 그림자처럼 그냥 지나가 버리지만 않는다면, 수많은 이름이나 미로처럼 복잡한 길도 한순간의 집중력으로 자신의 것으로 만들 수 있다. 이아손*은 집중력의 힘으로 황금 양피를 얻어서 신화의 주인이 될 수 있었다.

---

\* 테살리아의 영웅. 마그네시아 지방의 이올코스 왕위를 계승하려고 황금 양피를 구하기 위해 모험을 떠났다.

# 그대는 운명의 주인이다

You are the master of your destiny

이 세상의 모든 가치있는 일은 모두 노력이라는 더가를 치르고 얻은 것이다. 그대가 앞으로 얻게 되는 것들도 필사적인 노력의 성과일 것이다. 그대에게는 아낌없이 격려를 던지는 친구와 지식이 담긴 서적 그리고 깨달음을 주는 스승이 있다.

그러나 주위의 도움이 아무리 많더라도 스스로의 운명을 이끄는 것은 결국 그대 자신이 아니면 안 된다. 적어도 이 세상에서 가치가 있는 일에는 무엇이든지 노력이라고 하는 대가를 지불하고 있는 것이다.

# 어느 누구도
# 자기 자신으로부터 달아날 수는 없다

Nobody can flee from one's own ego

    용기를 내라. 그리고 그대의 행동을 보여주어라. 세상의 모든 것은 본연의 가치보다는 그 외양으로 평가받는다. 귀중한 가치를 지니고 있으면서 그것을 밖으로 보일 줄 안다면 그 가치는 두배가 될 것이다.

    보석이 담긴 상자도 그 속에 보석이 들어 있는 줄 모르면 쓰레기통에 들어가는 신세가 될 수 있다. 훌륭한 외양은 그 속에 담긴 가치의 지고함을 알려주는 최고의 보증인이다.

# 나를 아는 지혜를 익혀라

Build the wisdom of telling who you are

　　데모스테네스[*]는 일부러 어둑어둑한 동굴 속에서 살았다. 그것은 지혜의 바다에서 헤엄치기 위해 정신을 한 곳으로 집중시키기 위한 방편이었다. 때로는 두 눈을 사용할 수 없게 되면 비약적으로 상상력이 자라면서 놀라운 능력을 발휘하는 경우가 있다. 그것은 눈에 의존하던 신체의 모든 감각이 일제히 깨어나기 때문이다.

　　독서를 하는 사람이 책을 들고 서재에서 빠져나와 정원 속으로 들어가지만 결국 차분히 독서할 수 없어서 다시 되돌아오는 경우가 많다. 그러므로 가장 좋은 방법은 서재에 앉아 어렵고 재미없는 학문에 단단히 주의를 기울이면서 그 지식을 확실히 나의 것으로 만드는 일이다. 이렇게 해서 한번 집중력을 나의 것으로 만들면 다음부터는 더욱 쉽게 학문을 익힐 수 있다. 메마른 땅에 한 번 물이 흐르면 그 뒤를 따라 강물이 생기는 것처럼.

[*] 아테네의 철학자, 탁월한 연설가로도 유명하다. 마케도니아의 침입에 맞서 끝까지 저항했다.

# 지혜의 본질을 알라

Know the nature of knowledge

　　인류는 모두 하나이고 살아 있는 것들은 모두 면면히 생명을 이어나간다. 모든 것들은 이중의 가치를 갖고 있다. 산을 바라보면서 희다고 말하는 사람도 있지만 검다고 주장하는 사람도 있다. 그것은 어떤 시점을 선택하는가에 따라 결정되는 것이다.

　　지혜로운 현인과의 만남은 지적인 기쁨을 초래하고 영혼을 고양시킨다. 지혜는 한 가지만을 의미하는 것이 아니다. 그것은 모든 가능성들을 담아두는 큰 그릇이다.

# 주는 만큼 받는 것,
# 그것이 바로 인생이다

Life is what you get as much as you give

　　그대는 지금 하고 있는 모든 행동을 통해 나중에 수확하게 되는 대가의 씨앗을 심고 있다.

　　다른 사람들과 지속적인 관계를 가지면서 서로의 생각을 이해할 수 있는 것이다. 그대는 다행스럽게도 자신의 행동을 통제할 수 있다.

　　삶의 매 순간마다 다른 사람들을 존중하는 마음으로 대해야 한다. 그대가 다른 사람들에게 쏟는 애정과 비려하여 다른 사람들도 그대에게 정성을 기울일 것이다.

# 조금씩 조금씩 서두르지 말기
## 그리고 멈추지 않고 전진하기

No rush, Take your time never stops, but go forward

성공의 비결은 다급하게 서두르는 것이 아니다.

단숨에 산을 허물기 위해 애쓰는 것은 어리석은 일이다. 산기슭에 농부가 서 있다. 그는 모자를 눌러쓴 채 곡괭이를 들고 산을 파헤친다. 한 번 휘두르고 잠시 후에 다시 한 번 휘두른다. 입을 굳게 다문 그의 표정 속에서 인내심을 읽을 수 있다. 산을 허물고 옥토를 만드는 것은 바로 조금씩 멈추지 않고 일한 그의 손길이다.

# 그대의 품 속에 세상이 들어 있다

The world is in your arms

하지만 그 전에 변덕스러운 운명의 여신에 대해 맞설 수 있는 용기를 가질 것. 항상 신뢰할 수 있는 소중한 친구를 가지는 것도 세상을 얻는 방법이다.

친구와 깊은 우정을 나누는 것은 또 하나의 인생을 갖는 것이다. 친구는 서로에게 커다란 이익을 준다. 서로 나누는 것이 많을수록 배우는 것도 많다. 항상 행복을 빌어주는 친구에게 예절과 존경을 보여라. 그 친구도 같은 것을 선물할 것이다.

날마다 친구를 만들기 위해 노력해라. 비록 절친한 사이가 아니라고 해도 진심으로 관심을 가질 수 있는 상대라면 좋다. 편안한 교제에서 이윽고 신뢰할 수 있는 굳은 우정이 싹튼다. 친구에게 무엇인가를 주는 것은 우정을 나누기 위한 가장 좋은 방법이다. 친구에게 어떤 것을 얻을지 기대하지 말고 먼저 베풀어라. 진정한 친구의 지갑은 새둥지처럼 항상 열려 있는 것이다.

# 혼자 남겨지기 전에
# 떠날 줄 알아야 한다
*You need to know how to leave before being left alone*

조금만 더 머물러 달라고 부탁하는 사이에 고상한 태도로 떠나는 것이다. 아쉬움이 있기에 이별은 더욱 향기롭다. 은은한 달빛이 구름에 잠기면 언제 다시 나올까 달이 기다려진다. 사람들이 등을 돌릴 때까지 남아 있지 마라. 그렇게 되면 이미 죽은 사람처럼 취급당한다. 앞을 내다볼 수 있는 사람은 초연하게 떠나간다.

배를 잘 다루는 일등 항해사는 파도가 부서지는 뱃머리를 보는 것이 아니라 멀리 대양을 바라본다. 지금 가고 있는 곳이 아니라 나중에 가 닿을 곳을 응시하는 것이다.

진정으로 아름다운 여자는 아직 젊을 때 거울에 금을 내어 놓는다. 그 거울에 얼굴을 비추면 가느다란 금이 마치 주름살처럼 보인다. 젊은 시절에 이미 미래를 내다보는 현명한 행동이다.

# 비밀을 아는 기술

*The art of knowing the secret*

대화의 비결을 알고 있으면 상대방을 잘 다룰 수 있다. 다른 사람이 화를 내도록 만드는 일에는 그가 한 말에 이의를 제기하는 것보다 좋은 방법은 없다.

분노와 노여움으로 흥분하게 되면 자신도 모르는 사이에 속마음을 죄다 털어놓는 법이다. 이런 식으로 은밀한 비밀을 알아낼 수 있다.

자신의 말에 대해 반론을 받게 되면 누구나 자제심을 잃고 감정적으로 행동하기 쉽다. 도저히 그 말을 믿지 못하겠다는 듯한 태도를 보이면 비밀로 해두었던 사실까지도 입 밖으로 털어놓게 되는 법이다. 속마음을 절대로 밝히려 하지 않는 사람에게는 이런 방법을 써서 그가 스스로 마음의 문을 열도록 만들면 된다.

이렇게 해서 상대방의 본심이나 생각을 멋지게 끌어낼 수 있다. 모호하게 얼버무리는 말이나 분명하게 말하지 않았던 사실을 꼭 집어내어서 날카롭게 추궁하면 궁지에 몰

린 상대방은 마음 속 깊이 숨겨 두었던 비밀을 조금씩 털
어놓기 시작하고 교묘하게 쳐놓은 덫에 걸려 마침내 모든
것을 밝히게 되는 법이다.

# 비밀과 양파는 한 배에서 나온 쌍둥이
*Secret and onion are the twins from the same womb*

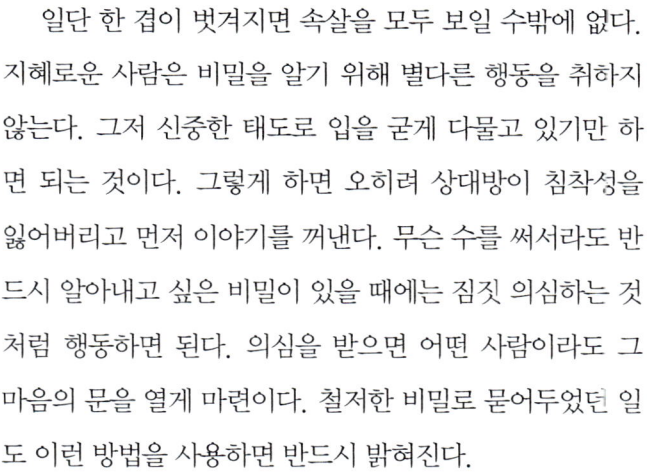

일단 한 겹이 벗겨지면 속살을 모두 보일 수밖에 없다. 지혜로운 사람은 비밀을 알기 위해 별다른 행동을 취하지 않는다. 그저 신중한 태도로 입을 굳게 다물고 있기만 하면 되는 것이다. 그렇게 하면 오히려 상대방이 침착성을 잃어버리고 먼저 이야기를 꺼낸다. 무슨 수를 써서라도 반드시 알아내고 싶은 비밀이 있을 때에는 짐짓 의심하는 것처럼 행동하면 된다. 의심을 받으면 어떤 사람이라도 그 마음의 문을 열게 마련이다. 철저한 비밀로 묻어두었던 일도 이런 방법을 사용하면 반드시 밝혀진다.

우수한 학생일수록 교사의 말에 반론을 제기하는 법이다. 교사는 자신의 말이 맞다는 사실을 증명하기 위해 더욱 열심히 설명할 것이다. 비밀의 광맥을 캐려면 상대방이 한 말에 대해 신중히 반론을 제기하면 된다. 상대방은 의심을 풀기 위해 보다 쉽고 자세하게 비밀을 털어놓게 될 것이다.

# 성공을 향해 가는 길
Path to the success

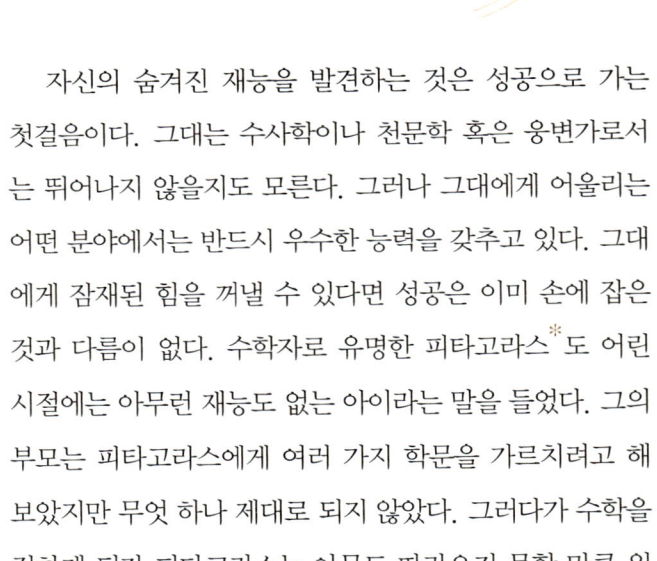

   자신의 숨겨진 재능을 발견하는 것은 성공으로 가는 첫걸음이다. 그대는 수사학이나 천문학 혹은 웅변가로서는 뛰어나지 않을지도 모른다. 그러나 그대에게 어울리는 어떤 분야에서는 반드시 우수한 능력을 갖추고 있다. 그대에게 잠재된 힘을 꺼낼 수 있다면 성공은 이미 손에 잡은 것과 다름이 없다. 수학자로 유명한 피타고라스*도 어린 시절에는 아무런 재능도 없는 아이라는 말을 들었다. 그의 부모는 피타고라스에게 여러 가지 학문을 가르치려고 해 보았지만 무엇 하나 제대로 되지 않았다. 그러다가 수학을 접하게 되자 피타고라스는 아무도 따라오지 못할 만큼 위대한 수학자가 되었다. 그는 수학에 대한 놀라운 재능을 가지고 있었던 것이다. 어느 누구라도 놀라운 재능을 가지고 있다. 단지 그 재능을 찾아내지 못하고 있을 뿐이다.

* 그리스의 철학자이자 수학자. 실용적인 차원에 머무르던 산수를 학문적인 체계를 지닌 수학으로 정립했다. 수학적 원리의 규명을 뛰어넘어 그 이론을 천문학 및 음악 이론으로 발전시켰다.

# 오해가 대립의 불씨를 낳는다

*Misunderstanding is the seed fire for conflicts*

말다툼을 하게 될 때에는 먼저 자제심을 기르도록 해라. 말다툼이 점차 가열되면 이성을 잃어버리게 되어서 불을 끌 수 없게 된다. 한순간의 감정을 억누르지 못해서 평생 동안 상처로 남는 경우도 있다.

자제심은 돌이킬 수 없는 실언으로부터 그대를 지켜준다. 위험을 내다볼 줄 아는 사람은 항상 조심스럽게 행동한다. 지혜가 그와 더불어 동행하고 있는 것이다.

흥분에 휩싸인 채 던지는 격렬한 말은 경솔함을 드러내고 아무렇지도 않게 내뱉는 말이지만 그 말을 듣는 사람은 심각하게 받아들여서 마음 속으로 그 무게를 헤아릴지도 모른다. 말 속에 담긴 가시는 반드시 자신에게 되돌아온다.

# 자아에 관해
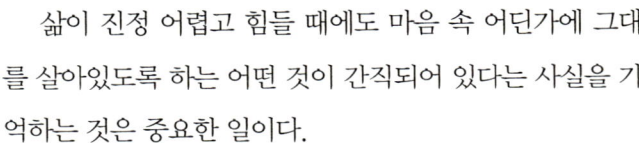
On our ego

삶이 진정 어렵고 힘들 때에도 마음 속 어딘가에 그대를 살아있도록 하는 어떤 것이 간직되어 있다는 사실을 기억하는 것은 중요한 일이다.

그것은 그대에게 힘을 주고 절망의 심연으로부터 꺼내주는 생명력이다. 삶에 대한 사랑이 없다면 올바른 자아도 찾기 힘들다.

# 망설이지 마라
*You shall not hesitate*

일단 목표가 정해졌으면 물소처럼 혼자서 가라. 망설임은 성공보다 실패에 훨씬 더 가깝다. 할까 말까 자꾸만 망설이는 사람은 아무것도 하지 못하고 끝나는 것이다.

이미 결심은 했지만 친구의 반대 의견을 들을 때마다 자꾸만 마음이 흔들리는 사람은 변덕스러운 바람이 불 때마다 빙빙 돌아가면서 방향을 바꾸는 풍향계와도 같다.

풍향계는 항상 바람의 영향만 받을 뿐 혼자 돌아갈 수는 없다. 하나의 의견에서 다른 의견으로, 이런 목표에서 저런 목표로 자신의 진로를 바꾸는 사람은 절대로 무엇 하나 훌륭하게 처리할 수 없다. 진보하기는커녕 겨우 현상유지만 하게 되고 퇴보하는 경우도 많다.

위대한 사람은 최초에 신중하게 거듭 검토하고 단단히 결심을 굳히자마자 단호한 인내심을 가지고 자신의 목표에 매진한다.

# 어떤 현인이라도
## 항상 지혜로운 것은 아니다
Not all wise men are always wise

이 점을 명심하라. 사람에게는 힘들이지 않고 모든 일이 잘 되어가는 시기가 있는가 하면 무엇을 해도 일이 꼬이기만 하는 시기도 있다.

운수가 좋을 때에는 활력이 넘치고 두뇌회전이 빠르고 만지는 것마다 모두 황금으로 변한다. 이런 시기에는 적극적으로 전진해야 하고 어떤 작은 기회도 낭비해서는 안 된다. 그러나 행운이 떠나 있을 때에는 현실을 올바르게 인식하면서 매사에 조심해야 한다. 아무리 지혜로운 사람이라도 두뇌활동이 둔한 시기가 있게 마련이다.

때로는 불운이 사고력을 둔화시키는 경우도 있다. 일이 잘 풀리지 않는 시기에는 도박을 하더라도 운이 바뀌지 않는다. 그런 때에는 함부로 중요한 결정을 내리지 마라. 오히려 뒤로 한걸음 물러나서 차분하게 생각을 가다듬고 운명을 향해 다시 걸어갈 수 있도록 용기를 가다듬어라.

# 행동을 조심하라
*Watch your own acts*

과격한 수단에 의지하면 승리를 얻지 못한다. 어리석은 행동은 화를 자초할 뿐이다. 때로는 자신의 요구를 관철시키기 위해 무리수를 두거나 과격한 행동으로 치닫는 경우가 있다.

그러나 아무리 노력해도 경박한 행동은 비웃음을 사게 된다. 화려한 복장으로 갈아입거나 태도를 바꾸더라도 내실이 변하지 않는 한 성공의 그림자도 밟을 수 없다.

사과 열매를 얻으려면 사계절이 필요한 법이다. 사과나무를 길러서 한 달 안에 열매를 얻으려고 하는 것은 지나친 욕심이다.

# 진지하게 사색하는 습관을 길러라

Build a habit of reflecting seriously

조급한 판단은 어리석음과 종이 한 장 차이에 불과하다. 아무리 똑똑한 사람이라도 중요한 결정을 서둘러 내린다면 실수할 가능성이 크다. 항아리에서 쏟아진 물은 다시 담기 힘들다. 이미 내린 결정 또한 되돌리기 어렵다.

심사숙고하는 것은 지혜의 길로 가는 첫걸음이다. 아무리 급한 일이 있다고 해도 신중하게 행동하라. 천 리 길도 한 걸음부터 시작하는 것이다.

# 유리의 광채는
# 그 연약함을 위장하는 것이다

The sheen on the glass is disguising its weakness

　다이아몬드는 어두운 곳에서도 스스로 빛을 내지만 유리는 약간의 빛만 받아도 요란하게 빛난다. 다이아몬드는 그 견고함으로 인해 아무리 큰 충격을 받아도 끄떡없지만 유리는 돌에 맞아도 깨어지고 만다.

　하지만 유리의 화려한 광채는 다이아몬드보다 몇 배나 더 반짝거린다. 거짓이란 모두 훌륭하게 보이기 위한 것이다. 따라서 거짓은 항상 어리석은 자를 선도한다.

　지혜는 무겁고 무지는 가볍다. 어리석은 자는 화려한 광채에 눈이 멀어서 유리를 줍지만 지혜로운 자는 빛나는 다이아몬드를 얻는다. 진실의 가치는 쉽게 드러나는 것이 아니다.

# 고난이 미래의 문을 연다

*Trial is what opens the door to the future*

　그대의 운명과 지위는 시련의 순간에 결정된다. 사람을 사람답게 만들고 지혜를 얻도록 만드는 것은 바로 고난과 시련이다.

　시련을 겪기 이전에는 참다운 사람이 되지 못한다. 그대는 시련을 통해 진정한 자아를 알게 된다. 인생의 길을 가다보면 평탄한 길이 지나고 어려운 길이 나타날 수도 있다.

# 미래는 먼저 움직이는 자의 것이다

Future is for those who move ahead of others

하루하루 내딛는 인생의 발걸음을 주춤거리게 만드는 기복이 심한 어려운 길에 대해 과민반응을 보일 필요는 없다.

그저 꾸준하게 그대의 앞에 놓여 있는 인생의 행로를 따라 걸어가면 되는 것이다. 아직 알려지지 않은 것들에 대해 두려움을 갖는다면 그것은 시간의 낭비를 가져올 뿐이다.

# 명성은 자신의 능력을 인정받아야만 지킬 수 있다

The reputation can be kept when your capability is recognized

조직을 이끌고 있거나 간부의 지위에 있는 사람은 애정의 정도로 평가받는 것이 아니라 객관적인 능력에 의해 평가받는 것이다. 애정은 친숙함을 부르고 그것이 심해지면 오히려 그 인물의 가치를 떨어뜨리기 쉽다.

다른 사람들의 존경을 받으려면 너무 많은 애정을 받지 않도록, 또한 지나치게 공포의 대상이 되지 않도록 조심해야 한다. 애정은 분열적인 성질 때문에 사소한 일로 인해 순식간에 증오로 변하기도 한다.

지위는 따스한 마음이나 다정한 태도보다 자질과 능력을 인정받음으로써 잘 지킬 수 있는 것이다.

# 집중력은 항해의 돛이다

Concentration is the sail for the voyage

배는 돛을 올려서 바람의 힘을 이용할 때 더욱 빠르게 항해한다. 집중력은 마치 바람을 끌어안는 돛과도 같다. 무슨 일이든지 성과를 올리기 위해서는 집중력이 반드시 요청된다. 자신의 생각을 한 자리에 모아서 집중력을 기르는 일은 어쩌면 가장 먼저 해야 할 인생의 목표인 것이다.

집중력을 발휘할 수 있는 사람은 이미 많은 고난을 극복하고 있는 셈이다. 그러나 집중력이 부족한 사람은 아무리 성공하기를 원해도 결국 실패로 끝날 것이다.

지금 처리하고 있는 일에 대해 생각하고 있어야 할 시기에 다른 잡념이 머리 속에서 마구 돌아다니고 있다면 아무리 뛰어난 능력을 갖추고 있더라도 아무짝에도 쓸모가 없다. 욕망이나 무절제한 감정에 이끌린다면 집중력을 발휘하기 힘들다. 오직 눈앞의 문제에만 완전히 몰입되어 있어서 두뇌가 그 이외의 일에는 전혀 신경쓰지 않을 때 돛은 더욱 펄럭거리고 배의 속도는 한결 빨라진다.

# 좋은 마무리
## Good closure

아무리 훌륭한 일이라도 그것이 완성되기 전에는 발표하지 마라. 모든 일은 처음에는 아무런 형태도 없고 머리 속에 들어 있는 단순한 생각에 불과하다.

그렇기 때문에 일이라고 하는 것은 완성되는 것을 보고 비로소 기뻐해야 하는 것이다. 초기의 계획을 함부로 다른 사람에게 보이면 아무래도 미흡한 인상을 주기 쉽다. 때로는 그런 부정적인 생각이 일이 끝난 후까지 영향을 미치기도 한다.

아무리 훌륭한 성과를 거두더라도 초기의 미흡한 인상이 그대로 남아 있으면 방해가 되어서 순수한 평가를 받을 수 없다.

# 훌륭한 계획이라도
# 그 자체만으로는 아무런 가치가 없다

*No plan can be great in itself alone*

　일을 추진하는 과정을 통해 가치가 드러나게 되는 것
이다. 푸짐한 진수성찬이라도 먹기 전에 어떤 재료로 만들
어진 음식이 나온다는 사실을 미리 알게 되면 식욕이 떨어
진다.

　아무리 독창적인 일이라고 해도 형태가 다듬어지기 전
에 발표하는 것은 현명한 처사가 아니다. 매미도 완전한
날개를 갖추기 전까지는 고치 속에서 비밀스럽게 힘을 기
른다. 날아갈 준비를 마친 후에야 고치에서 나와 세상을
향해 뛰어드는 것이다.

# 모험이 주는 것들
What adventure can bring

인생의 참다운 기쁨은 모험의 시간 속에 깃들어 있다.

모험이 그대를 새롭게 바꿀 수 있는 것이다.

그대가 마음을 열어두면 날마다 새로운 모험을 시도할 수 있다. 세상은 온통 낡은 껍질로 싸여 있다.

그 속에서 벗어나 새로운 지식을 익히려면 모험의 통로를 지나야만 한다.

# 낡은 세상에서 안주하고 있는 사람은
## 미래를 맞아들이기 힘들다

*The future is hard to find for those who settle comfortably in the outdated world*

미래는 항상 새로운 것들로 가득 차 있기 때문이다.

마음의 문을 열고 들뜬 모험의 순간을 수용할 수 있어야 한다.

진정으로 그 모험을 받아들일 때 한층 더 커진 자신의 모습을 바라볼 수 있을 것이다. 오직 모험만이 새로운 미래를 낳는다.

# 날마다 태양이 떠오른다
*The sun rises everyday*

이 세상에 탄생의 빛을 비추기 위해. 하지만 탄생 위에 그 밝은 빛을 비추는 것과 똑같이 죽음 위에도 평등하게 빛을 비추는 달이 떠오르고 있다. 태양을 보면서 달을 생각하고 과거를 반추해 보면서 미래를 예상할 수 있어야 한다.

올바른 습관은 어린 시절부터 기르는 것이 좋다. 인생의 성패는 바로 여기에 달려 있다. 그대는 오직 진보하기 위해 살아가고 있다. 퇴보하는 삶이란 의미가 없다.

그러므로 스스로를 계발하기 위해 항상 노력하는 것이다. 일단 한 번 몸에 붙은 습관은 좀처럼 사라지지 않는다.

습관이 인생을 결정한다.

# 자기 자신을 파악하라

*Get the grip of your own self*

그리고 항상 부족한 점을 깨달아라. 자신이 소유한 것에 대해 만족하는 것은 바보들뿐이다. 자기만족은 우둔한 자의 미덕이다. 미켈란젤로*의 잠언은 지혜의 길이 어떤 것인지 보여준다.

"나는 내가 그린 그림에 전혀 만족할 수 없다. 그런데 보잘 것 없는 재능에도 만족할 수 있는 그대는 정말 행운아라고 할 수 있다."

---

* 이탈리아의 조각가, 화가, 건축가로 활동했다. 레오나르도 다빈치, 라파엘로와 더불어 르네상스를 이끈 훌륭한 예술가. 마치 살아있는 것처럼 생생한 느낌을 주는 작품들을 남겼다.

# 침착한 말과 행동은
# 고귀한 정신을 드러낸다

A great mind can be manifested through
the composed talks and acts

　성숙한 태도는 인격을 더욱 높이고 사회에 빛을 던진다. 무거울수록 황금의 가치가 더욱 커지듯이 도덕적인 무게는 인간으로서의 가치를 드높인다. 다른 사람들에게 존경을 받는 것도 고귀한 정신의 무게에 의해 측정된다.

　현명한 사람은 침착한 말과 행동이 고귀한 정신을 드러내는 지표라는 사실을 잘 알고 있다. 권위는 성숙한 인격을 따른다. 성숙에 의해 비로소 그대는 권위를 갖추게 되는 것이다.

# 실패를 극복하는 길
How to overcome failure

　실패가 없는 인생은 존재하지 않는다. 인생은 끝없는 고난의 연속이고 그대는 불완전한 상태에 머물러 있기 때문이다. 언제나 완전을 지향하지만 불완전한 영역에서 벗어날 수 없다. 그러므로 실패는 인생의 한 부분일 수밖에 없다. 실패는 절망을 만든다.

　하지만 절망은 인생의 희망을 꺾는 것이 아니라 다만 성공이 쉽지 않다는 사실을 의미한다. 그대는 실패를 거울로 삼아 성공의 땅으로 나아간다. 실패는 성공으로 가는 하나의 과정인 것이다.

# 가득 찬 그릇은 소리를 내지 않는다
A full bowl does not make noise

오직 비어 있는 그릇만이 요란한 소리를 내면서 울린다. 지혜로운 사람은 가만히 있어도 저절로 그 빛으로 세상을 비춘다.

사향을 담은 주머니는 열지 않아도 향기가 흘러나오기 마련이다. 스스로 영웅을 자처하는 사람일수록 아무런 성과도 남기지 못한다.

많은 사람들이 영웅을 자처하고 있지만 결국 무위로 돌아가고 마는 것은 인정받을 수 있는 공적이 없기 때문이다. 공적은 입으로 생기는 것이 아니다. 안개는 아무런 소리도 없이 다가와서 세상을 뒤덮는다.

# 가장 앞서 걸어가는 사람이
# 길을 만든다

Those who walk ahead of all others are those who open a path

    다른 사람들에게 선두를 빼앗기지 않았다면 그대는 모두 자기가 하는 일에서 불사조처럼 불멸의 명성을 얻게 되었을 것이다.

    첫째가 된다는 것은 대단히 큰 이점이다. 거기에 지혜를 갖춘다면 더욱 좋을 것이다. 첫째가 되라. 그리고 지혜를 길러라. 세상을 얻게 될 것이다. 다른 사람들은 모두 그 뒤를 따라올 뿐이다.

# 탐욕을 버려라
Let go of your greed

　사소한 것들에 대한 지나친 집착은 그대를 깊은 수렁에 빠뜨린다. 깊은 산 속에서 나무의 수를 헤아린다면 그대는 결코 정확한 나무의 수를 파악할 수 없다.

　오직 견자의 눈으로 응시할 때, 나무가 몇 그루나 되는지 알 수 있다. 초점을 너무 가까운 곳에 맞춘다면 그대는 보다 넓은 전체의 의미를 파악할 수 없게 된다.

　인생의 사소한 부분을 뛰어넘어서 좀더 인생의 깊고 넓은 부분까지 통찰할 수 있는 기회를 놓치고 마는 것이다. 그대는 삶의 사소한 부분에 대해 초연할 수 있는 통찰력을 길러야 한다.

# 수천 가지의 악 중에서
# 단 하나의 선을 찾아낼 수 있는
# 사람이 되라

Be the one who can discover the only goodness out of
a thousand evils

부족한 것들 중에서 먼저 장점을 발견하라. 그대가 선을 향해 시선을 돌리기만 하면 언제든지 좋은 점을 발견할 수 있는 법이다.

그러나 불만에 사로잡혀 있는 사람은 수천가지의 좋은 점에 둘러싸여 있어도 아르고스*의 눈처럼 다른 사람의 행동 속에서 단 하나의 결점을 다시 끄집어낸다. 티끌처럼 작고 사소한 다른 사람의 결점을 긁어모아서 그릇된 으쓱 감을 느끼고 비뚤어진 만족감을 맛보고 있다.

이런 행동은 스스로 무덤을 파는 일이다. 결국 자신이 파놓은 구멍에 몸을 던지는 신세가 되는 것이다.

---

* 신체에 일백 개의 눈을 가지고 있는 거대하고 강력한 괴물. 아르고스라는 이름은 '모든 것을 본다'라는 의미를 가지고 있다. 나중에 아르고스가 죽자 여신 헤라는 그의 눈들을 공작새의 깃털로 바꾸었다.

# 변덕스러운 세상과 당당하게 맞서라
Powerfully face the capricious world

그대만이 오직 그대를 지배할 자격이 있다. 이 세상은 어리석은 사람들로 가득 차 있기 때문에 항상 비웃음과 조롱이 떠나지 않는다.

언제나 절반이 나머지 절반을 웃음거리로 만들고 있기 때문이다. 선악의 판단은 모두 일시적인 변덕에 좌우되고 있다. 한 사람이 거들떠보지도 않는 것을 다른 사람은 애타게 추구한다.

수많은 사람들의 머리는 제각각 전혀 다른 생각을 담고 있다. 우주가 자신의 뜻대로 움직이기를 바라는 것은 어리석은 사람들의 생각이다.

그대의 강인함을 인정받기 위해 그것을 자랑하기라도 하면 다른 쪽에서 비난이 들끓는다. 항상 적당한 균형을 유지할 수 있어야 한다.

현명한 사람의 눈에는
모든 것들이 지혜롭게 보이고
우둔한 사람의 눈에는
모든 것들이 어리석게 보인다

Everything looks wise to those who are wise,
and everything looks dull to those who are dull

　지혜의 보고를 쌓아올린 현명한 사람은 빙산의 일부분
만 보고도 그 크기를 알 수 있다. 어리석은 사람은 사물의
이치를 깨닫지 못한다. 양식이나 교양을 전혀 쌓아두지 않
았기 때문이다.

# 세상을 재는 척도

The scale to measure the world

그것은 바로 그대의 신념이다. 그대를 평가하는 기준은 너무나 다양하다. 어떤 말, 특정한 사회의 관습, 한 시대의 가치를 삶의 방식의 기준으로 삼아서는 안 된다. 시간과 공간을 초월한 진리를 자신의 것으로 수용할 수 있어야 한다. 그대 영혼의 버팀대가 될 수 있는 것은 바로 그대 자신의 의지와 결정이다. 그 사실을 알고 있다면 그대는 아무리 어려운 고난에 처해 있다고 해도 행운을 안고 있는 사람이다.

아침이 밝아오면 밤의 깊은 수면 속에 함께 잠들어 있던 개인적인 사소한 문제들을 툭툭 털고 일어나 희망의 빛을 맞이할 수 있어야 한다. 그대에게는 인생에 대한 어떤 확신이 필요하다.

이 세상에서 벌어지는 많은 일 가운데 무엇을 우선시하고 무엇을 나중에 해야 할 것인가에 대한 확고한 신념이 있어야 하는 것이다. 신념은 그대가 이 세상에 홀로 설 수 있도록 만든다.

## 어울려 사는 법을 배우라

Learn how to live in harmony

　서로 나누는 삶이 세상을 환하게 만든다. 태양이 세상을 밝게 만들듯이 그대의 마음 속에도 빛의 씨앗이 깃들어 있다. 그 빛을 찾아서 껍질을 깨뜨려야 한다.

　누구나 주고자 하는 마음보다 받고자 하는 마음이 강할 때, 불만과 원망이 생기게 된다. 만약 주고자 하는 마음이 보다 강하다면 서로를 원망하지 않게 되는 것이다.

　그대가 서로에게 무엇인가를 나누어 줄 때마다 세상은 더욱 환하게 된다. 빛을 뿌리는 것은 바로 그대 자신이다.

# 때로는 지혜도 빌릴 수 있는 것이다
Sometimes knowledge can be borrowed, as well

친구의 지혜를 그대의 것으로 만들어라. 현명한 친구는 그대의 보물이다. 한 명의 좋은 친구를 두는 것은 그대가 인생의 길을 가면서 만나게 되는 다른 모든 사람들의 호의보다도 유익하다.

어리석은 사람은 무거운 짐을 지고 있지만 현명한 친구는 그 짐을 내려 놓는 방법을 알고 있다. 인생의 길에서 만나게 되는 고난들은 모두 그대의 미래를 축복하는 디딤돌이다.

# 함부로 그대의 마음을 내보이지 마라

Do not wear your heart on your slave, mindlessly

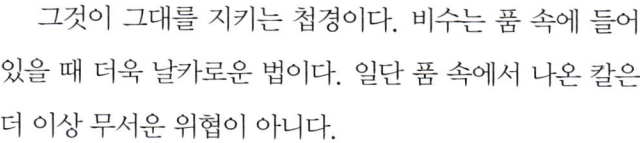

　그것이 그대를 지키는 첩경이다. 비수는 품 속에 들어 있을 때 더욱 날카로운 법이다. 일단 품 속에서 나온 칼은 더 이상 무서운 위협이 아니다.

　그대의 능력을 과시하는 것은 어리석은 일이다. 대단한 일을 하고 있지 않은 사람일수록 자신의 능력을 과시하게 된다. 극히 하찮은 성과를 마치 대단한 무용담이라도 되는 것처럼 늘어놓는 것이다.

　자만심은 반드시 화를 불러들인다. 아라크네＊도 자만심으로 인해 거미가 되는 운명을 자초했다. 목청을 자랑하기 위해 시끄럽게 울어대는 수탉은 목이 비틀리게 마련이다. 그대의 노고를 기쁨으로 삼고 가슴에 담아두어라. 진정한 업적은 스스로 자랑하지 않아도 해처럼 떠오른다.

---

＊ 리디아 태생의 여자. 길쌈에 뛰어나 직물의 신 아테네에게 도전했다. 아테네는 인간의 운명을 무늬로 넣고 아라크네는 신들의 연애를 직조했다. 화가 난 아테네는 아라크네가 짠 천을 찢어버리고 그녀를 거미로 만들어 버렸다.

# 항상 몸가짐에 주의를 기울여라

Always be conscious of your behavior

현명한 사람은 항상 자신이 다른 사람에게 보여지고 있다는 사실을 알고 있다. 신중한 행동은 항상 그 대가를 얻는다. 벽에는 반드시 귀가 있고 비밀은 그 족쇄에서 벗어날 태세를 항상 갖추고 있다.

현명한 사람은 혼자 있을 때에도 온 세상의 눈이 자신에게 쏠리고 있는 것처럼 조심스럽게 행동한다. 비밀은 아주 조금이라도 누설되면 나머지도 모두 힘을 잃어버린다는 사실을 알고 있기 때문이다.

별로 망설이지 않고 자신의 생각을 털어놓으면 내일은 증인이 되어서 증언대에 설지도 모른다.

# 달리는 것보다 걷는 편이 좋다
It is better to walk than run

걷는 것보다 앉아 있는 편이 좋다. 앉아 있는 것보다 드러누워 있는 편이 좋다.<sup>*</sup> 나태보다 유해하고 치명적인 습관은 없다.

게으른 사람은 자신도 모르는 사이에 점차 악덕에 물들고 마는 것이다. 하지만 나태는 궁극적으로 가장 커다란 불행을 자초하게 된다.

---

*인도의 속담. 그러나 이 속담의 진의는 게으름을 예찬하는 것이 아니라 경계하는 것이다.

# 친구를 소중하게 여겨라
Cherish your friends

친구는 그대가 위급한 상황에 처했을 때, 언제라도 도움을 줄 수 있다. 좋은 친구와 교제를 하는 것도 훌륭한 업적을 남길 수 있는 한 가지 방법이다. 그대에게 부족한 점을 보충하려면 가능한 한 많은 사람들과 어울리는 것이 가장 효과적이다. 그렇게 하면 자신도 모르는 사이에 주위 사람들의 생각이나 정신도 받아들일 수 있다.

어떤 일에 지나칠 정도로 집착하는 사람은 매사에 여유있는 사람과, 격정적인 성격의 사람은 침착하고 자제하는 사람과, 절도를 잃기 쉬운 사람은 분별력이 있는 사람과 교제하면 좋다.

대조는 세상을 더욱 조화롭게 만든다. 친구를 만날 때에는 그 대조를 잘 이용할 수 있어야 한다. 극단이 서로 만나게 되면 무한한 가능성의 길이 나타날지도 모른다.

# 행복을 알기 위해서는
# 먼저 그 반대를 알아야 한다
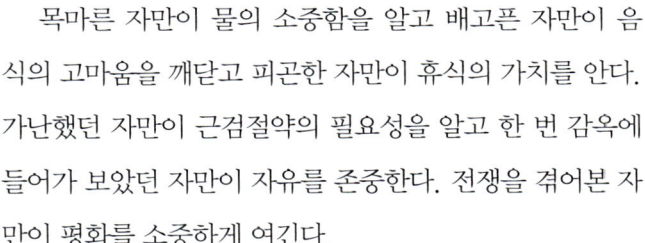
You can find happiness when you know the opposite of it

　목마른 자만이 물의 소중함을 알고 배고픈 자만이 음식의 고마움을 깨닫고 피곤한 자만이 휴식의 가치를 안다. 가난했던 자만이 근검절약의 필요성을 알고 한 번 감옥에 들어가 보았던 자만이 자유를 존중한다. 전쟁을 겪어본 자만이 평화를 소중하게 여긴다.

　난파된 배는 항구를, 추방당한 사람은 고향을, 불행한 사람은 행복에 대한 그리움으로 밤을 지새운다. 악을 맛보지 않았기 때문에 선의 의미를 잘 깨닫지 못하는 사람들이 많다. 지금 행복한 사람은 과거에 불행했던 사람이다.

# 지식의 가치
## The value of knowledge

활용할 수 없는 지식은 가치가 없다. 시인이나 몽상가, 철학자들은 비일상적인 관념의 영역에 대해서는 멋지게 논하지만 현실적인 사항에 대해서는 몹시 어둡다.

만약 그대가 삶의 본질에 대해 진지한 사색을 하고 있다면 일상적인 삶 속에서 다른 사람에게 웃음거리가 되지 않기 위해서도 조금은 세속적인 감각을 길러 둘 필요가 있다. 죽은 지식은 더 이상 지식이라고 말할 수 없는 것이다.

# 지혜로운 사람의 고요한 마음은
# 천국과 지상을 비추는 거울이다

The calm mind of a wise man is the mirror
that reflects heaven and earth

그대는 홀로 있는 고요함 속에서 지금 직면하고 있는 문제의 해답을 찾을 수 있다. 번잡한 생활 속에서 가끔씩 명상에 잠길 때, 오랫동안 찾으려고 노력했던 현명한 생각이 떠오를 것이다.

그대는 조용한 시간을 자주 가지면서 스스로의 마음 속을 바라볼 필요가 있다. 성장을 위한 가능성은 힘든 시련 속에 감추어져 있다. 이 세상에서 보람있는 일을 하기 위해 시련은 반드시 필요하다. 그러나 그대가 감당할 수 없을 만큼의 커다란 시련은 주어지지 않는다.

신중하고 침착하게 행동하면서 마음을 가다듬을 수 있다면 어떤 시련이든지 쉽게 해결할 수 있다. 고난을 헤쳐 나가는 해답은 항상 그대의 내부에서 얻는 것이다.

사실 지혜는 그대가 태어나는 순간부터 그대와 함께

있는 것이다. 그것을 꺼낼 수만 있다면 산정에 올라가 한
눈에 세상을 바라보는 것처럼 탁 트인 시선을 가질 수 있
다. 과거와 현재, 미래를 모두 파악할 수 있는 정신을 기르
는 것이다.

# 비밀을 지켜라
Keep secret

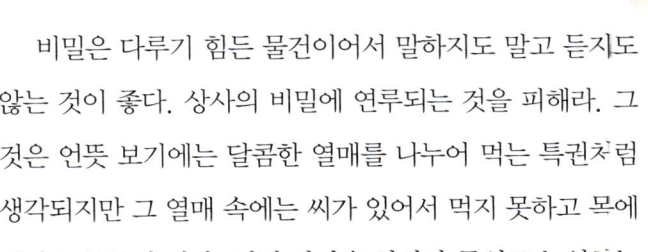

　비밀은 다루기 힘든 물건이어서 말하지도 말고 듣지도 않는 것이 좋다. 상사의 비밀에 연루되는 것을 피해라. 그것은 언뜻 보기에는 달콤한 열매를 나누어 먹는 특권처럼 생각되지만 그 열매 속에는 씨가 있어서 먹지 못하고 목에 걸리는 부분이 있다. 어떤 사람은 상사가 무심코 누설하는 개인적인 비밀을 듣고 있다가 스스로도 깨닫지 못하는 사이에 비극의 그물에 걸리고 만다.

　가끔씩 상사는 자신의 추한 모습을 상기시키는 비밀을 털어놓는다. 일단 비밀을 들어버리면 상사는 그 일에 더해 심기가 불편한 상태가 된다. 특히 지배적인 지위에 있는 사람에게 있어서는 그 압박감은 견디기 어렵다. 그렇게 되면 그들은 자신의 비밀을 지키기 위해 정의를 짓밟는 행위조차 망설이지 않게 된다. 만약 친구가 적이 되면 과거에 선뜻 털어놓았던 비밀도 원한을 품은 독화살로 변한다.

# 친구의 조언은 어두운 밤길을 밝히는 등잔불처럼 소중하다

Advice from true friend is as precious as
the light on the dark path at night

좋은 친구를 만나면 인생을 두 배로 살아갈 수 있다. 친구와 신뢰를 쌓으면 조언을 하는 것도 받아들이는 것도 자연스럽게 이루어진다. 어느 누구의 도움도 필요하지 않는 완벽한 사람은 없다. 서로에게 도움을 주거나 받으면서 살아가는 것이다.

훌륭한 인격을 갖추는 일에 필요한 모든 것들을 친구로부터 얻을 수 있다. 친구의 말에 귀를 기울이지 않는 사람은 매우 어리석다.

위대한 스승을 마음 속의 거울로 삼고 거기에 자신의 모습을 비추어 보아라. 무엇인가 틀린 점이 있을 때에는 즉시 바로 잡고 고난에 처했을 때에는 도움을 청하라.

# 지혜에 관해

On knowledge

    지혜는 인생의 향연에 차려진 음식과도 같다. 모든 사람들이 그 음식을 먹고 싶다는 식욕을 가지고 있다.

    지혜에 대한 굶주림으로 가득 찬 사람들은 그들 앞에 놓인 음식을 허겁지겁 집어먹지만 지혜를 이미 맛본 사람들은 그 맛을 천천히 음미하면서 먹는다.

# 쓰디쓴 충고를 꿀처럼 달게 여겨라
Take bitter advice as sweetly as honey

충고에 귀를 기울이지 않으면 화를 면하기 어렵다. 친구의 충고를 딱 잘라 거절해 버리는 사람은 구원할 방법이 없다. 트로이가 처참하게 멸망한 것도 크산드라*의 충고에 귀를 기울이지 않았기 때문이다.

뱃머리를 돌리지 않으면 암초에 부딪혀서 난파하게 되지만 그런 파멸의 순간을 향해 몸을 내던지는 자들이 있다. 그들에게는 선뜻 충고하거나 결점을 알려주는 한 명의 친구조차 받아들일 마음의 여유가 없다.

---

* 트로이의 왕 프리아모스의 딸. 아폴론의 신탁을 받아 미래를 예언하는 능력을 가지게 되었다. 트로이 전쟁이 벌어질 때 그리스 군대가 놓고 간 목마의 위험성에 대해 예언했지만 아무도 그 말에 귀를 기울이지 않았다.

# 소유에 관해
On possessing

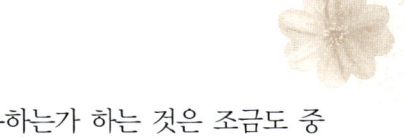

　얼마나 많은 재화를 소유하는가 하는 것은 조금도 중요하지 않다. 그대가 얼마나 더 풍요로운 영혼을 가질 수 있는가 하는 점이 중요하다.

# 함부로 말하지 마라
Watch what you say

　현명한 사람의 입은 향기로운 장미꽃을 만들고 어리석은 사람의 입은 날카로운 가시를 만든다. 말을 할 때에는 항상 조심하고 속마음을 털어놓지 않도록 해야 한다. 최고의 자리는 오직 하나뿐이다.

　만약 그대가 정상에 서 있다면 많은 사람들이 그대의 자리를 노릴 것이다. 그대의 발길을 잡아채기 위한 기회를 노리고 있는 것이다. 지위와 권력을 둘러싼 암투는 언제나 벌어지고 있다. 자리를 가로채려고 노리고 있는 자에게 귀중한 정보를 줄 수는 없다. 명의라고 불리는 사람은 제자에게도 그 오묘한 처방을 말하지 않는다.

　그대의 명성과 지위를 빼앗기 위해 아첨하는 자들에게는 어느 정도 담장을 쳐야만 한다. 속마음을 모두 털어놓지 않는 것은 인생의 철칙이다. 최고의 위치를 노리는 자에게 날개를 달아주는 것은 어리석은 행동이다.

# 고난은 그대를 강하게 만든다

Trial is what can build you stronger

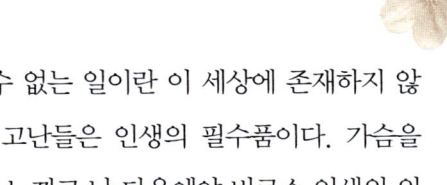

그대가 극복할 수 없는 일이란 이 세상에 존재하지 않는다. 인생의 모든 고난들은 인생의 필수품이다. 가슴을 찌르는 깊은 아픔을 느끼고 난 다음에야 비로소 인생의 의미를 알 수 있다.

고통스러운 경험들은 인생에 많은 보탬이 되는 가치로운 것이다. 폭풍우를 헤쳐나간 사람만이 평화로운 항구로 들어갈 수 있다.

힘들다고 해서 포기한다면 언제나 바다 위에서 떠돌 수밖에 없다. 고난이 복종하도록 만들어라. 그대가 고난에게 복종해서는 안 된다.

# 매사에 주의하라

Be cautious in everything you do

아무리 사소한 일이라도 가볍게 여긴다면 나중에 후회할 수도 있다. 큰 불행은 결코 한꺼번에 닥치지 않는다.

여러 번의 작은 불행이 큰 불행을 불러들이는 원인이다. 앞길을 가로막는 사소한 문제라도 최대한 힘을 기울여서 해결해야 한다.

불행한 일이 지나갔다고 해도 마음을 놓아서는 안 된다. 나쁜 일은 한 번으로 끝나지 않고 무리를 지어서 찾아오기 마련이다. 불행이 행운으로 돌아설 때까지 언제나 주의해야 한다.

# 인생의 길에는 수많은 언덕들이 있다

There are numerous hills on the path of life

　그 언덕을 올라가려면 인내와 노력이 필요하다. 자칫 실수를 해서 언덕 밑으로 떨어질 수도 있다. 그럴 때에는 행운과 불행의 원인을 잘 확인하라. 어느 한쪽으로만 시선을 돌리는 것은 올바른 행동이 아니다. 두 가지 모두 잘 확인하는 것이 중요하다.

　불행의 여신을 피하고 행운의 여신과 손을 잡으려고 하는 것은 세상의 이치. 불행이 잠을 자고 있을 때에는 깨어나지 않도록 발뒤꿈치를 들고 조심스럽게 걸어가야 한다. 불행한 사람은 행복도 지혜의 별도 자기 자신도 모두를 잃는다.

　어쩌다가 불행이 깨어나면 가벼운 상처로 끝날 수 있도록 지혜롭게 처신하는 것이 좋다. 함부로 말하거나 경거망동한다면 치명상을 입을지도 모른다. 언덕에서 어디까지 굴러갈지는 모른다.

　때로는 좋은 일이 조금도 이루어지지 않고 나쁜 일이

언제까지라도 끝나지 않을 것처럼 여겨지는 경우도 있다.
그러나 시작이 있으면 끝도 있는 법이다. 불행의 끝에서
행복을 만나기 위한 준비를 서둘러라.

# 비밀의 문은 굳게 닫혀 있을수록 좋다

The tighter the door to the secret, the better

　　그 위에 자물쇠가 걸려 있다면 금상첨화라고 할 수 있다. 부모나 친구에게도 자신의 모든 것을 털어놓아서는 안 된다. 비밀을 알면 즐거운 것보다 고통스러운 것이 더욱 많다. 절친한 사람에게 애정을 기울이는 일과 모든 비밀을 그 사람에게 맡기는 일은 전혀 다른 별개의 것이다.

　　아무리 소중한 연인이라도 비밀을 나누기는 힘들다. 아무리 친한 친구에게도 숨겨야 할 일은 있고 부모에게도 비밀로 해야 할 일이 있다.

　　억지로 다른 사람의 비밀을 알기 위해 애쓰는 것도 바람직한 일은 아니다. 비밀은 비밀로 남아 있는 것이 가장 좋은 일이다.

# 사랑을 나누듯이 고통도 나눌 수 있다

Pains can be shared, just as love can be shared

사랑을 나누면 그 깊이가 더욱 깊어지고 고통을 나누면 그 넓이가 더욱 좁아진다. 그대는 얼마든지 다른 사람의 고통을 이해할 수 있는 것이다.

그렇기 때문에 그대는 고통에 시달리는 사람의 마음을 치료할 수 있는 의사도 될 수 있다. 고통은 서로 나누어야만 한다.

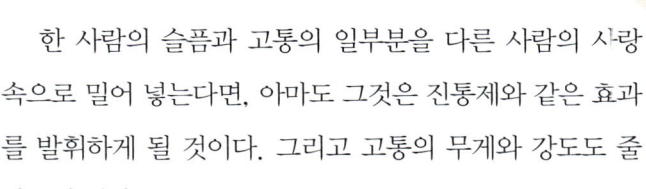

# 사랑은 고통의 진통제
## Love is the medicine that kills pain

한 사람의 슬픔과 고통의 일부분을 다른 사람의 사랑
속으로 밀어 넣는다면, 아마도 그것은 진통제와 같은 효과
를 발휘하게 될 것이다. 그리고 고통의 무게와 강도도 줄
어들게 된다.

하지만 완전한 치유는 고통을 가슴으로 끌어안고서 고
통이 무엇인지 알고 그런 다음에 가슴을 열어 풀어주고 난
후에야 가능하다. 고통이 어떤 문제에서 비롯된 것인지 모
른다면 진통제의 효과도 일시적인 것에 불과할 것이다.

고통의 근원을 드러내는 일, 그것은 사랑이 있을 때 비
로소 가능하다. 서로를 아끼고 사랑하는 마음이 없다면 고
통을 드러내지 못하고 숨기게 될 것이다.

만약 그대가 고통당하고 있다면 그 뿌리를 모두 드러
낼 수 있어야 한다. 그리고 고통을 나누면서 그 무게를 줄
이기 위해 노력하는 것이다.

# 무슨 일이든 처음부터 완벽하게 처리하는 습관을 길러라

Build a habit of fulfilling everything to perfection from the very beginning

위대한 학자는 자신의 이론에 반박할 만한 근거를 남겨두지 않는다. 하늘의 별은 항상 자신에게 주어진 궤도를 따라 한 치의 오차도 없이 움직인다. 겨울이 오면 강물이 얼어붙고 겨울 철새는 날씨가 따스해지면 북쪽으로 먼 여행을 떠난다. 허술한 일처리는 반드시 후환을 남긴다. 겨울에 피어난 꽃은 만개하기도 전에 시들고 만다.

어떤 문제에 대해 조사할 경우 대충 개념만을 파악하겠다는 태도로 조사해서는 안 된다. 아무리 급하다고 해도 철저하게 조사할 수 있을 때까지 기다려야만 한다. 그것이 무엇이든지 적어도 조사할 가치가 있는 것이라면 철저하게 조사하는 것이 바람직하다. 두 번 다시 조사할 필요가 없을 정도로. 그렇게 하면 나중에 다시 그 문제가 일어나도 이미 해결책이 마련되었기 때문에 당황하지 않고 차분히 해결할 수 있다.

# 때로는 고독도 향기롭다
Sometimes solitude is aromatic as well

　고독에 대한 갈망은 그대가 건강하고 완전한 인간으로 성장해 나가는 과정에 따라 여러 번이나 경험하게 된다. 자신의 얼굴을 거울에 비추어보고 성찰하면서 새로운 자아를 찾아가는 것은 바로 홀로 있는 시간이다.

　혼자만의 고요한 시간은 그대가 오랫동안 찾아다니던 해답을 얻을 수 있도록 도와준다. 고독을 손님으로 맞아들일 때, 그대의 길을 방해하던 근심거리도 더 이상 아무런 문제가 되지 않는다.

# 확고한 신념은
# 그대의 인생을 더욱 돋보이게 만든다
## Solid faith can make your life look greater

인격의 완성은 흔들리지 않는 의연한 태도에서 비롯된
다. 서둘러 결론을 내리는 것은 어리석은 일이다. 물론 올
바른 판단을 내리는 것도 중요하지만 대부분의 경우에 실
수를 저지르는 사람들은 판단력의 결여보다는 오히려 성
급하기 때문에 길을 잘못 걸어가는 것이다.

어려운 문제를 해결하는 과정에 보다 많은 시간을 들
이기만 한다면 별다른 어려움을 겪지 않고도 성공을 향해
나아갈 수 있다.

# 그대의 자질을 잘 활용하라
Take the best advantage of your capability

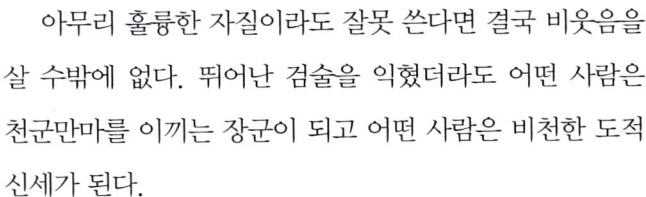

아무리 훌륭한 자질이라도 잘못 쓴다면 결국 비웃음을 살 수밖에 없다. 뛰어난 검술을 익혔더라도 어떤 사람은 천군만마를 이끼는 장군이 되고 어떤 사람은 비천한 도적 신세가 된다.

그대는 기회를 잘 포착할 수 있으며 최대한으로 이용할 수도 있다. 자질을 익히는 것도 중요하지만 그 자질을 활용하는 것은 더욱 중요한 일이다.

# 뛰어난 품행을 몸에 익히기 위한
## 일곱 가지 방법
Seven says to build outstanding manners

자신의 감정에 잘 이끌리는 어리석은 사람을 대할 때에도 냉정함을 유지해야 한다. 신념을 가지고 자신의 행동에 대해 전적으로 책임질 수 있어야 한다.

좋아하는 일에 지나치게 몰두하지 말고 항상 균형을 잡으면서 살아가는 것이 좋다. 다른 사람을 속이지 말고 또한 남에게 속지도 말기. 사악한 일을 기쁨으로 삼지 말아야 한다. 극단적으로 고집을 부리는 것은 불화를 초래한다. 그리고 무엇보다도 자기 자신의 친구가 될 것.

# 미덕은 그 자체로 완전하다

Good virtue is perfect in itself

모든 사람들이 미덕을 갖기 위해 애쓰지만 그것을 정말로 소유하고 있는 사람은 드물다.

악은 미덕의 그늘에 숨어서 미덕의 행동을 모방하며 가장 악한 사람까지도 자신이 선한 사람이라는 평가를 받게 되기를 원한다.

누구나 다른 사람으로부터 공경받기를 기다리지만 정작 다른 사람에게 그런 식으로 대하는 사람은 별로 없다.

# 진정한 미덕은 자신을 숨긴다

True virtue keeps itself in hiding

오른손이 하는 일을 왼손이 모르도록 하는 것이다. 그대가 미덕을 발견했다고 생각하는 순간에도 사실은 그저 위선이라는 미덕의 그림자만 발견한 것에 불과하다. 스스로의 선행을 드러내는 미덕은 더 이상 미덕이 아니다.

물이 샘솟는 근원이 없으면 아무리 넓은 강물이라고 해도 마르기 마련이다. 미덕은 행복의 중심이고 겸양을 따르는 선행의 근원이다. 미덕은 행복의 샘이자 지혜를 따르는 빛이다.

미덕은 소유하는 것이 힘들기 때문에 고귀하고 어디에 있더라도 존경을 받는다. 모든 선 가운데 가장 빛나는 미덕. 그래서 미덕은 언제나 아름답고 정숙하다.

# 예절은 그대의 삶을
# 올바른 길로 이끈다

Etiquette can guide you to the right path in life

해마다 타락의 길로 접어드는 혼란스러운 가치관을 다시 일으켜 세울 수 있는 것은 예절의 힘이다. 가치관이 불안정한 상태에 처해 있을 때, 죄도 늘어나고 처벌도 더욱 엄격해진다. 위태로운 현실이 야만스러운 행동으로 치닫도록 강요하는 것이다.

하지만 그런 때일수록 감정에 치우치지 않는 예절 바른 행동이 더욱 절실하게 필요하다.

자만으로 통하는 그릇된 유혹으로 빠지게 되면 즉시 자신의 힘으로 바로 잡아야 한다. 예절은 행동의 타락만이 아니라 방황하는 영혼까지도 올바른 길로 인도할 수 있다.

# 슬픔
Sadness

그것은 어두운 눈빛을 만들지만 괴로움과 절망은 역경을 헤치고 강인하게 살아나가기 위한 토대를 형성해 주기도 한다. 너무나 자주 세상 사람들은 고통으로부터 자유롭게 벗어날 수 있기를 원한다.

그러나 고통은 멀리 도약할 수 있는 힘을 주고 한 차원 고양된 삶을 살아갈 수 있도록 발전시킨다. 쓰디쓴 고통 그 이면에는 뜻밖의 기쁨을 품고 있다. 그러나 동시에 인내를 요구한다.

고통을 통해 인생에서 배워야 할 많은 교훈들을 얻게 된다. 그 교훈들은 고통이 맺은 열매이다.

# 땅으로 눈길을 돌려라

Turn your eyes to the ground

그대가 서 있는 곳은 천상이 아니라 지상이다. 현실은 머리 속에서 그려지는 것이 아니라 손으로 만져지는 것이다. 천국의 일에만 신경을 쓰는 것은 마치 허공에 둥둥 떠 있는 것과도 같다.

무지개를 잡기 위해 달려가면 오직 남는 것은 고단하고 지친 육신뿐이다. 신기루는 현실의 공간에 존재하지 않는다. 하지만 그대의 몸은 땅을 딛고 서있다. 일상적인 현실의 삶을 무시하면 공허할 수밖에 없다.

# 불행을 극복하는 길
How to overcome misfortune

만약 그대가 불행의 기다란 끈에 얽매여 있다면 그대는 지금 하고 있는 일들을 재검토할 필요가 있다. 자꾸만 불행한 일이 생기면 어느 틈에 자신감을 잃어버리고 열등감에 시달리게 된다. 그런 생각이 들면 어느 정도 자신을 학대하고 비하시키고 싶어할지도 모른다.

하지만 언제까지나 그렇게 살아갈 수는 없다. 불행을 이기려면 체계적인 자기 점검이 필요하다. 스스로를 유능하고 매력있고 필요한 사람이라고 인식할 때 현명한 선택을 할 수 있을 것이다.

# 순간의 기회를 소중하게 여겨라

Cherish the opportunities of moments

남들의 존경을 받는 유능한 인재가 되고 싶다면 그대에게 주어진 기회를 잘 활용할 수 있어야 한다.

항상 무엇인가를 배우면서 살아가지만, 모두가 우수한 성적을 거둘 수는 없다. 그 중 몇 사람은 아무리 노력해도 안 될 것이다.

그러나 대부분의 경우에 그대의 능력으로 해결할 수 없는 일은 없다. 어떤 식으로 처리할 수 있는지 그 방법은 스스로 생각해야만 한다.

# 여유를 즐겨라
Enjoy the spare time

휴식은 지친 몸에 새로운 활력을 불어 넣는다. 일단 휴식을 취하겠다고 결정하면 모든 긴장을 풀고 철저하게 쉬어라. 고단한 몸에 생기를 불어넣는 것은 무척 중요한 일이다.

어려운 문제는 내일로 미루고 깊은 잠에 빠지는 것이 좋다. 지금 당면한 문제로 인해 밤의 평안을 깨뜨릴 수는 없다.

잠은 그대 인생의 절반을 이끌어가는 친숙한 동반자. 잠들지도 못하고 초조하게 망설이는 것보다는 차라리 내일 다시 생각하기로 하고 푹 잠을 자는 편이 더욱 유익하다.

초췌한 안색으로 걱정스럽게 아침을 맞이하는 것보다 충분한 휴식을 취한 후에 건강한 표정으로 일을 처리하는 것이 더욱 큰 성과를 거둘 수 있다.

## 고통과 정면으로 싸워라

Learn to face and fight pains

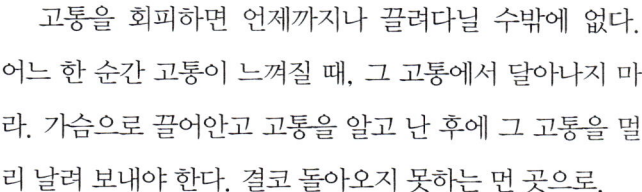

　고통을 회피하면 언제까지나 끌려다닐 수밖에 없다. 어느 한 순간 고통이 느껴질 때, 그 고통에서 달아나지 마라. 가슴으로 끌어안고 고통을 알고 난 후에 그 고통을 멀리 날려 보내야 한다. 결코 돌아오지 못하는 먼 곳으로.

　이 세상에서 가장 좋은 친구는 바로 그대 자신이다. 그리고 가장 나쁜 친구도 역시 그대 자신이다. 그대를 구할 수 있는 힘도 그대 자신 속에 있으며 가장 참혹하게 해칠 수 있는 날카로운 칼도 그대 자신 속에 들어 있는 것이다.

# 경험한 고통은 그대에게
# 인생을 가르치고 치유의 길로 인도한다

All time pains on your path will teach you true life
and lead you to the healing

그대는 자기 자신을 가장 좋은 친구로 삼아야 한다. 좋은 친구와 함께 있을 때, 모든 고통이 귀중한 경험으로 남게 될 것이다. 나쁜 친구와 함께 있다면 그대는 힘겨운 삶에 지쳐서 모든 것을 쉽게 포기할 것이다.

희망을 품고 살아라. 그리고 유익하지 않은 고통은 이 세상에 존재하지 않는다는 사실을 명심해라.

# 결정은 항상 깊고 진지하게

Make decisions, deep and seriously

　가볍고 얕은 생각으로 결정하면 나중에 후회가 뒤따른다. 결정을 내리기 전에 먼저 모든 상황을 다시 점검하는 것이 바람직하다.

　그대의 일이 뜻대로 잘 풀리지 않는 경우에는 최초의 판단을 유보해야 하는지 아니면 그대로 밀고 나가야 하는지 다시 한 번 재고하는 것이 좋다.

　조급하게 서두르지 말고 어느 정도 시간을 두면서 일을 진행하면 결정에 도움이 되는 새로운 정보가 나오는 경우도 있기 때문이다.

# 신중한 사색에 관해
On thoughtful contemplation

사람은 쉽게 얻은 것보다는 어렵게 얻은 것을 더욱 귀하게 여기는 법이다. 또한 다른 사람의 부탁이나 요청을 거절하게 되었을 경우에도 그 자리에서 단호하게 뿌리치지 말고 시간을 두면서 능숙하게 거절하는 방법을 생각해야 한다.

불만스러운 태도로 성급하게 거절해 버린다면 적을 만들 수도 있다. 시간을 두고 차분하게 생각을 정리하면 상황을 잘 파악할 수 있게 되어서 뜻밖의 행운이 찾아올지도 모른다.

# 평화로울 때, 위급한 시기를 대비하라

Prepare for the risk while in peace

일단 사고가 생긴 후에 수습하는 것은 아무리 빨라도 늦는 법이다. 항상 맑은 정신으로 사색하고 외관을 단정하게 가꾸면서 사고에 대비하는 것을 게을리하면 안 된다.

만약 그렇게 하지 않으면 마음과 몸 모두를 파멸시키는 결과를 초래한다. 경계를 늦추면 기회를 노리고 있던 운명이 기회를 놓칠 수 없다는 듯이 그대를 괴롭히고 발을 걸어서 쓰러뜨리려고 한다.

운명은 즐겨 잔인한 약탈자가 되어서 사람들이 깊이 잠든 때를 노려서 습격한다. 잠시라도 방심해서 아주 작은 빈틈이라도 생기면 추락하게 된다. 축제가 열리는 날은 미리 알 수 있지만 재앙이 시작되는 날은 아무도 모른다.

# 오늘보다 나은 내일을 위해 행동하라

Try to build tomorrow that is better than today

인생의 싸움터에서 세상의 들판에서 거칠 것 없이 돌아다니는 용사가 되라. 그대의 앞을 가로막는 모든 고난과 투쟁하는 용사가 되라.

그리고 생명이 끝나는 날, 시간의 모래 위에 그대의 영원한 발자국을 남겨라.

# 위대함의 첫번째 조건은 겸손이다

Modesty is the first requirement to be great

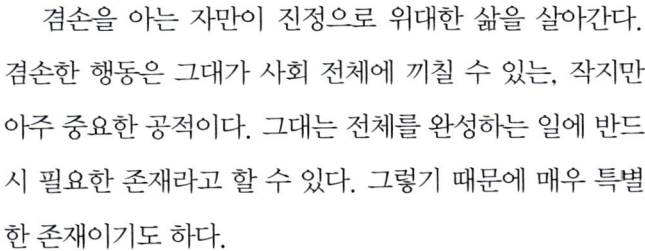

　　겸손을 아는 자만이 진정으로 위대한 삶을 살아간다. 겸손한 행동은 그대가 사회 전체에 끼칠 수 있는, 작지만 아주 중요한 공적이다. 그대는 전체를 완성하는 일에 반드시 필요한 존재라고 할 수 있다. 그렇기 때문에 매우 특별한 존재이기도 하다.

　　그대의 특별한 가치를 깨달아가는 과정 속에서 안정감을 누릴 수 있다. 그리고 마음의 평화를 유지하게 된다. 이 땅에서 숨쉬고 있는 그대 존재의 의미를 자각하면 다른 사람의 소중함도 느끼게 된다. 그와 더불어 다른 사람에 대한 사랑과 존경과 수용하는 마음도 생기는 것이다.

　　겸손한 마음으로 서로를 성장시키기 위해 노력할 때마다 그대 자신은 더욱 크게 성장할 수 있다.

# 그대의 행복을
# 다른 사람의 손에 맡기지 마라

Do not entrust your happiness to others

행복은 오직 그대만이 손을 내밀어서 잡을 수 있는 것이다. 결코 남이 그대의 행복을 만들 수는 없다. 그대가 누군가에게 행복을 책임 지운다는 것은 행복이 그대의 필요에 의해서가 아니라 오직 타인의 선택에 따라서만 좌우된다는 것을 의미한다.

그대의 내부에 잠재되어 있는 힘을 끄집어내지 않고 다른 사람의 힘에 의존하게 될 때, 그대의 행복은 완전히 종속될 수밖에 없다. 누군가에게 이끌리는 행복은 진정한 행복이 아니다. 행복은 오직 그대 자신만의 것이어야 한다.

# 색다른 주장을 펼쳐라

Build opinion that is unlike anybody else's

그대가 하는 말에 따라 다른 사람이 그대를 평가한다. 대화를 하는 도중에 그대의 인격이 드러나는 것이다.

독특한 화술은 관심을 끌기 마련이다. 그대의 질문이나 답변을 들으면서 다른 사람들의 사고의 깊이를 재고 평가를 내린다. 어느 누구라도 생각할 수 있는 평범한 의견은 피하고 색다른 의견을 개진하는 것이 그대를 더욱 돋보이게 만든다.

# 바다에는 암초가 있고
# 산에는 절벽이 있다

There are rocks under the ocean, and cliffs on the mountains

인생의 길을 걸어가다 보면 위험이 입을 벌리고 기다리는 경우가 생긴다. 미처 예상하지 못했던 위험을 피하려면 만반의 준비가 필요하다. 언제나 최악의 사태에 대해 생각하면서 대비하는 자세가 필요하다.

어둠과 빛, 두 갈래의 길 중에서 올바른 길을 따라 걸어가려면 항상 사색하는 자세가 절실하게 요청된다. 과거의 실수를 반성하면서 미래를 내다보라.

하지만 미래를 예견하고 대비하는 사람은 적고 함부로 행동하고 나중에 생각하는 사람은 많다. 그것은 행동의 결과에 대해 미리 생각하는 일이 어렵기 때문이다.

# 지혜는 저절로 얻어지지 않는다
Nothing comes by itself neither wisdom does

보석이 수십 번의 연마와 세공을 거치면서 본연의 광채를 되찾게 되는 것처럼 지혜도 오랫동안 갈고 닦아야만 빛을 발할 수 있다.

보석이 빛을 되찾으려면 스스로의 살을 깎는 인고의 시간이 필요하다. 지혜도 역시 자신을 버릴 줄 아는 깨달음의 경지를 지나야 한다.

# 진정한 친구를 만나라

Find true friends

불행을 함께 나눌 수 있는 친구는 그 무엇과도 바꿀 수 없다. 즐거운 일이나 서로의 이익을 나누어 가질 수 있는 친구가 있는 것은 좋은 일이다.

그러나 그것보다도 더욱 중요한 것은 그대의 불행을 덜어줄 수 있는 친구를 찾아내는 일이다. 어려운 시기에 친구가 도움의 손길을 내밀면 고난이나 위기가 닥쳐도 두려운 생각이 들지 않는다.

때때로 선행을 하기 위해 어떤 일을 하지만 그 반대로 비난을 받게 되는 경우가 생긴다. 그럴 때에는 무거운 짐을 함께 나누는 친구가 몹시 필요하다. 운명의 여신도 두 사람을 동시에 공격하기는 어렵다. 훌륭한 의사도 수술을 하다가 실패할 때가 있다. 그런 일이 벌어지면 그 의사는 절친한 다른 의사를 불러서 의지하게 된다.

무거운 짐이나 고통은 친구와 서로 나누어라. 혼자 모든 짐을 감당하면 불행은 두 배로 자라나서 극복하기 어렵다.

# 지혜의 금맥을 찾아라

Explore the golden vein of knowledge

지혜를 얻으면 세상의 모든 고난을 이길 수 있다. 하지만 지혜는 오직 그대의 노력으로 인해 얻어야 한다. 스스로의 힘으로 얻지 않는 지식은 결국 자신을 위해 쓸 수 없게 된다. 지혜를 캐내는 금맥은 그대의 주위에서 손쉽게 발견할 수 있다. 서재나 도서관에서 수많은 서적들에 담긴 지혜를 자신의 것으로 만들고 조금의 시간도 헛되지 않게 이용한다면 불후의 명성을 떨친 플라톤[*]처럼 광대한 양의 지식을 축적할 수도 있을 것이다.

또한 학문을 더욱 발전시켜서 새로운 분야를 개척할 수도 있다. 이미 과거의 사람이 된 위인들은 그대에게 지혜라고 하는 귀중한 보물을 물려주었다. 그러나 그 중에서도 가장 귀중한 지혜는 금괴처럼 그대의 손으로 직접 파내지 않으면 손에 넣을 수 없다.

[*] 고대 그리스의 귀족 출신으로 아카데미를 최초로 설립한 철학자. 소크라테스의 교훈과 비판적 정신을 이어받았으며 이데아의 실재를 주장하면서 유물론과 대립되는 관념론의 토대를 세웠다.

# 운명을 지배하라
Rule over destiny

　　운명의 여신을 그대의 손에 집어 넣어야 한다. 그대의 운명을 누군가에게 맡긴다면 희망과 행복도 모두 종속될 수밖에 없다. 아무리 행복한 상태라고 해도 다른 사람이 행복을 다시 거두어 버린다면 그대는 불행의 늪에 빠질 수밖에 없는 것이다.

　　그대의 행복에 대해 책임질 수 있는 사람은 결코 다른 사람이 아니다. 그대가 누구인지 어디로 가고 있는지 그리고 무엇 때문에 그곳으로 향하고 있는지 판단해야 하는 시기는 바로 지금이다.

# 머리를 써라

Use your brains

신은 사색하는 사람에게 그 선물로 지혜를 준다. 머리를 쓰는 사람만이 발전할 수 있다. 그대의 영혼이 고상하고 우월한 입장에 설 수 있도록 하기 위해서 항상 사색하는 것이 좋다.

그대의 머리 속에는 신의 힘과 훌륭하게 조화될 지혜가 들어 있다. 머리를 쓰는 것은 영혼이 삶을 살아가면서 그 의무를 다할 수 있도록 하기 위한 일이다.

시간이 흘러서 이 세상을 뒤로 하고 영원한 안식을 맞이할 때, 그대의 이름은 더욱 빛날 것이다.

# 패자의 길을 걷지 마라

## Do not trod the path of losers

　승자의 길이 기다리고 있다. 하지만 어떤 사람은 승자의 길을 목전에 두고 패배를 삶의 방식으로 삼는다.

　갈림길에서 한 순간의 그릇된 선택으로 패자의 길로 들어섰기 때문에 그것이 자신의 운명이라고 믿고 있는 것이다. 그런 사람은 내심으로는 잘못을 인정하고 있어도 겉으로는 여러 가지 이론을 붙여서 변명하고는 자신의 행동을 정당화하려고 한다.

　그러나 그럴수록 어리석음의 깊이는 더욱 깊어지고 나중에는 벗어나지도 못하게 된다. 충동적인 약속이나 잘못된 결심으로는 다른 사람을 설득할 수 없다는 사실을 전혀 깨닫지 못하고 마치 어리석은 행동이 자신의 장점이라도 된다는 듯이 고집을 부리면서 뒤틀린 세상을 살아가는 것이다.

　몇 걸음만 물러나면 다시 갈림길이 나오고 그곳에서 승자의 길로 접어들 수 있다는 사실을 모른 채.

# 지혜로우면서도 행복한 사람은 드물다
It is hard to find those who are wise and happy

신중한 사람은 항상 고독을 먹고 산다. 생각이 깊은 사람은 악을 가장 잘 알고 있으며 자신이 진정한 행복과 얼마나 거리가 먼 것인지를 알고 있다.

지혜로운 사람은 역경을 누구보다도 예민하게 생각하고 생각이 깊기 때문에 장애에 누구보다도 많은 영향을 받는다. 약간의 불운도 그들을 망칠 수 있다. 그들은 운이 좋은 시기가 별로 없으며 폭넓은 이해심은 오히려 불리하게 작용한다.

그러므로 지혜로운 사람의 얼굴에서는 행복을 찾지 않는 것이 좋다. 그 대신에 어리석은 사람의 얼굴에서는 웃음을 발견할 수 있을 것이다.

# 증오하는 사람을 만나도 그 자리에서
# 싫은 기색을 드러내지 마라

Do not show your distaste in the face of the people you detest

솔직한 심정을 감추고 싫은 상대방을 묵묵히 받아들이는 것도 하나의 지혜이다.

다른 사람들의 인격적인 결함에 대해 익숙하게 되도록 노력해라. 그러나 아무리 작은 결함이라도 그대의 것일 경우에는 관대하지 말아야 한다.

그대 자신의 결함에 대해서는 항상 냉정하고 차가울 것.

# 위기를 맞이하면
## 항상 대담하게 행동하라
Always be daring in the face of risks

고난을 앞두고 등을 돌리면 불행은 항상 그대의 뒤를 따라다니기 마련이다. 사냥터에서 앞장을 서는 개는 주인의 사랑을 받지만 꼬리를 마는 개는 발길에 걷어채인다.

그대의 앞에 펼쳐져 있는 길은 멀고도 험난하지만 한 번에 한 걸음씩 나아갈 수 있다. 위기를 앞두고 대담하게 행동하면 험난한 길도 평탄하게 느껴지고 발걸음도 더욱 빨라질 것이다.

헤파이스토스<sup>*</sup> 는 비록 추하고 불구자로 태어났지만 고난을 극복한 끝에 불과 세공의 신이 되어서 천상으로 올라갈 수 있었다.

---

* 제우스와 헤라 사이에서 태어난 아들. 대장간과 금속 가공의 수호신이다. 제우스의 번개와 아폴론의 화살도 그가 만들었다. 미의 여신 아프로디테를 아내로 맞이했다.

# 그대가 소중하다는 사실을 기억하라
## Remember how precious you really are

세상에서 오직 하나뿐인 그대는 훌륭한 가치를 가지고 있다. 존재의 의미를 깊이 되새겨라.

그대는 많은 사람들에게 도움을 줄 수 있는 반드시 필요한 사람이다. 그렇기 때문에 그대는 행복할 수 있는 자격이 있다.

그리고 어떻게 해야 행복하게 될 수 있는지도 알고 있다. 그 방법을 활용하기 위해 실천하고 있는지 그렇지 않으면 포기하고 있는지 관계없이 말이다.

# 불후의 명작은 시대를 초월한다
## Timeless classics can transcend the times

   그 어떤 시대에도 강렬한 감동을 불러일으킨다. 그 시대가 끝나도 후대로 영원히 이어지는 것은 인간의 존엄성을 그려내고 있기 때문이다. 윌리엄 세익스피어가 쓴 작품들은 힘찬 표현과 놀라운 서사적 구조를 담고 있다.

   덴마크 왕자의 비운을 그린 「햄릿」은 한 시대가 지나가도 여전히 생명력을 유지한다. 그것은 전통적인 가치나 영혼의 진실이 담겨 있기 때문이다. 세월이 흘러도 절대로 변하지 않는 것이 있다. 그것은 바로 진리의 양식이다.

   진리의 성수를 마음과 머리에 기꺼이 쏟아부을 수 있어야 한다.

# 좋은 습관을 길러라
Building good habit

　습관이란 몸에 익히기는 쉬워도 바꾸기는 몹시 어렵다. 따라서 처음부터 좋은 습관을 몸에 배이도록 노력해야 한다. 같은 말, 같은 일을 날마다 같은 시간에 반복하면 나중에는 저절로 몸에 익혀서 습관이 된다. 그 습관이 처음에는 아무리 어렵고 성가신 것이라도 날마다 규칙적으로 반복하면 분명히 즐거운 일로 변한다. 모든 습관이란 이런 식으로 형성되는 것이다. 어느 누구라도 처음부터 9시간이나 10시간 동안 책상 앞에 앉아서 끄떡없이 공부할 수 있었던 것은 아니다. 운동을 좋아하거나 몸을 자주 움직이는 일을 하던 사람이 책상 앞에 앉아서 공부하려면 먼저 습관을 바꾸어야 한다. 진수성찬이 잔뜩 진열된 식탁에 앉아서 다른 음식에는 손도 대지 않고 채소만 맛있게 먹는 사람이 있다. 그는 건강상의 이유로 부득이 그런 생활을 강요당했지만, 나중에는 절식과 채식이 즐거운 습관으로 몸에 배이게 되었다. 마침내 그는 습관을 바꾸게 된 것이다.

# 신념을 품어라
Have faith

　그대가 곧 영웅이고 그대가 곧 지혜로운 현인이라는 신념을 가지는 것은 무척 중요하다.

　마음가짐을 새롭게 하고 아무리 사소한 것이라도 그대가 도움을 받은 것에 대해서는 감사히 여길 수 있어야 한다. 다른 사람들의 마음을 잘 이해하고 정상으로 올라갈 수 있는 발판을 찾아라.

# 미덕과 악덕을 구별하라

Learn how to tell good virtue from bad virtue

미덕은 좀처럼 자신의 모습을 드러내지 않지만 악덕은 미덕의 탈을 쓰고 세상에 나타나기를 즐긴다. 때로는 미덕과 악덕을 구별하기 힘들 수도 있다. 항상 조심하고 위엄을 유지하면서 사람을 판단할 때에는 보다 신중해야 한다.

악덕은 선의 탈을 쓰고 나타나지만 금세 본연의 모습을 드러낸다. 어려운 시기일수록 악덕은 참기 어려운 고통이다. 미덕의 일부가 되기 위해 노력해라.

# 교육은 미래를 대비하는 힘
Education is the power that prepares you for the future

교육은 어떠한 변화에도 능동적으로 대처할 수 있어야 한다. 세상에 질서를 가져오는 교육은 신성한 것이다. 세상은 끊임없이 변하기 때문에 시대에 맞는 교육을 할 의무가 있다. 한 시대나 어떤 입장 혹은 특정한 시각에 치중된 교육은 생명력이 없다.

진정한 교육은 당대의 지식을 후손들에게 억지로 전수하는 것이 아니라 스스로 깨닫도록 도움을 주는 일이다.

뛰어난 양치기는 직접 풀을 베어서 양들에게 먹이지 않고 신선한 풀밭으로 양을 인도한다.

# 사랑은 모든 문제의 해답이다
Love is the answer to all problems

아무리 어려운 질문이나 시험이라도 사랑은 훌륭한 해답이 될 수 있다. 병마나 가난, 고통이 그대를 아무리 지치게 만들어도 사랑은 다시 그대에게 생기를 불어 넣는다.

# 노력은 그대의 삶을 빛으로 인도한다

Efforts can guide your life to the light


그러나 나태는 어둠으로 이끈다. 불행하게도 그대가 자신의 재능만을 믿고 노를 손질하는 일을 게을리한다면 언제까지나 항해를 떠날 수 없다.

조금만 더 기다리다 보면 항해하기 좋은 순풍이 불어오는 날씨가 될 거라고 생각하고 있다면 그런 오해는 즈시 그만두는 편이 좋다.

# 은혜를 베푸는 법
How to do others good

　적당한 은혜는 보약이지만 지나친 은혜는 독이 될 수도 있다. 은혜는 한꺼번에 많이 베푸는 것이 아니라 조금씩 자주 베푸는 것이 좋다.

　그리고 상대방이 갚을 수 있는 범위 내에서 은혜를 베풀어야 한다. 은혜를 입으면 감사의 마음을 품지만, 은혜의 도를 넘으면 억압으로 변하게 된다.

　상대방에게 책임을 느끼도록 만드는 것은 친구를 잃는 최대의 원인이다. 그 책임으로부터 달아나기 위해 상대방은 당신을 멸시하거나 반목하게 된다.

　반드시 필요한 것을 조금씩 자주 주는 일, 그것이 은혜를 베푸는 현명한 비결이다.

# 변명하는 버릇을 들이지 마라

Do not let excuse become a part of your habit

 

한두 번의 변명은 통할 수 있지만 자꾸만 되풀이하는 변명은 받아들이기 어렵다. 변명은 마치 모래로 쌓은 성과도 같아서 올라가면 올라갈수록 무너지는 시기도 빨라진다.

변명보다도 더욱 나쁜 것은 자기기만을 계속 이어가려고 하는 행동이다. 잘못을 자꾸만 부정하면 이윽고 그 늪에 빠져서 허우적거리게 된다. 한두 번 변명이 통했다고 해도 이미 씨앗은 뿌려진 것이다.

# 일에 착수할 때에는
# 먼저 치밀한 계획을 세워라
## Make detailed plans before taking actions

사전에 마련된 계획에 따라 일을 처리하는 것이 무작정 일을 하는 것보다 훨씬 커다란 성과를 거둘 수 있다. 계획을 세우지 않고 일했던 날은 미리 계획을 세워서 일했던 날에 비해 절반 정도밖에 만족할 수 없다는 사실을 이미 경험으로 알고 있다.

과수원에서 나무에 열린 사과를 딸 때에도 가까운 곳에 있는 것부터 따면 땀을 흘리면서 일해도 별로 진척된 것처럼 보이지 않는다. 체계적으로 구획을 정한 후에 한 나무에 있는 사과를 모두 따고 다른 나무로 옮기면 일이 얼마나 진행되었는지 한눈에 알 수 있을 뿐만 아니라 빠른 시간에 수확을 끝마칠 수 있다.

게다가 일의 능률도 높이고 정확하고 즐거운 마음으로 일할 수 있는 것이다. 사전에 계획을 세우고 일을 진행하면 그 성과도 더욱 크고 빠르다.

# 순풍이 불어올 때 폭풍우를 대비하라
## Prepare for the storm when the wind is calm

불운에 대비하기 위한 가장 좋은 시기는 바로 모든 일이 순조롭게 진행되는 때라고 할 수 있다. 겨울잠을 자는 곰은 먹을 것이 풍부한 가을에 동면에 필요한 영양분을 비축한다. 개미나 다람쥐도 추운 겨울에 일용할 양식을 가을에 부지런히 비축한다.

행복한 시기에는 친구들도 많고 거의 모든 사람들이 친절하게 대한다. 이런 시기에 가능한 한 많은 것을 비축해서 역경에 대비하는 것이 현명하다.

사업이 악화되고 일들이 잘 풀리지 않을 경우에도 충분히 대처할 수 있는 힘을 기르는 것이다. 막상 폭풍우가 닥쳐도 돛대 하나 건드리지 못하도록.

# 독자적인 삶을 살아라
## Learn how to live independently

그대의 행동에 대한 결과를 다른 사람이 책임지지는 않는다. 다른 사람은 실제로 그대의 고통 때문에 아파하지도 않고, 그대의 절망으로 인해 살거나 죽지도 않으며, 그대의 성공이나 실패에 흥분하지도 않는다. 다른 사람에게 의지하거나 기대지 않도록 해라.

# 그대에게 도움을 준 친구를
# 잘 기억하라

Remember those who lend you helping hands

반드시 은혜를 갚아라. 사람은 행복할 때에는 좋은 친구를 좀처럼 구별하지 못하는 법이다. 나중에 다시 친구의 힘이 절박하게 필요한 시기가 찾아올지도 모른다.

어느 누구의 도움도 받지 않고 어느 누구에게 도움도 주지 않겠다는 생각을 하는 사람들이 있다. 진정한 친구를 갖지 않는 사람들도 있다. 그것은 모두 마음의 문이 닫혀 있기 때문이다. 세상은 혼자 살아가는 것이 아니다.

# 그대의 두뇌가 바로 기적이다

Your brain is the miracle in itself

독창성을 길러라. 기억력을 향상시키는 일에 소극적인
사람은 결코 독창적인 사고를 할 수 없다.

그대의 기억 속에는 수많은 지적 유산들이 깃들어 있
다. 그것을 토대로 삼아 놀라운 발상의 전환을 시도하는
것이다.

# 이별은 슬픈 일

Breaking-up is a sad thing to do

그러나 신의 의지가 있으면 다시 만날 수 있다. 이별했다고 해서 그 자리에 주저앉으면 두 번 다시 만날 수 없다. 이별을 견디면 반드시 만남의 날이 찾아온다.

이별은 만남이 끝난 것이 아니라 다시 만날 준비를 하기 위한 것이다. 가끔씩, 이별은 얼마나 놀라운 얼굴을 하고 우리를 찾아오는가.

# 일시적인 정신 상태에 굴복하지 말고
# 얼음처럼 차가운 이성에 의지하라

Do not surrender to the temporary state of mind,
and rely yourself on your reason as cold as ice


　　야생마처럼 날뛰는 감정이 차분한 이성을 앞질러서는
안 된다. 고난의 시기에 대비하기 위해 그대의 내부에 축
적되어 있는 힘은 반드시 이성의 인도를 받아야 한다.

　　한순간의 감정을 다스리지 못한 채 분노를 방출하면
몇 배 이상의 혹독한 대가를 치르게 된다.

# 도의를 중시하라

Treasure the way of right

    부패한 세상에서 상처입는 일없이 살아나가기 위해, 올바른 시각으로 사물을 바라보기 위해, 흔들리지 않는 진실을 유지하기 위해, 다른 사람들의 모범이 되어서 순탄한 길로 인도하기 위해, 시대와 영혼의 암흑 속에서도 안전한 항구로 들어가는 진로를 밝히는 등대가 될 수 있도록 그대는 항상 희망과 인내, 용기에 대해 잊지 말아야 한다.

# 결정을 내려라
Make decisions

　주저하거나 망설이고 있으면 아무런 일도 성공하지 못한다. 계획을 세우는 일에 힘을 다 써서 무엇 하나 달성할 수 없는 사람들이 있다.

　아무리 좋은 구상이라고 해도 실현하기 위한 노력을 하지 않으면 아무것도 변하지 않는다. 결정을 내리지 못하기 때문에 일을 시작하지도 못하고 스스로 무너져 버린다. 또한 모처럼 실천에 옮겨도 도중에서 쉬어버리는 사람들도 있다.

　승리는 실행에 옮겨야만 얻을 수 있는 것이다. 동요하고 있는 사람은 성공하지 못한다. 세상을 움직이는 것은 계획을 세우는 사람이 아니라 실천으로 운명을 가꾸는 사람이다.

# 현실과 환상을 혼동하지 마라

Do not confuse the reality with the fantasy

기하학 시간에 원은 완전한 형태라고 배우지만 사실 완벽하게 둥근 원이란 존재하지 않는다. 직선도 완벽하게 곧은 것은 아니다. 평면도 완벽하게 평평할 수는 없다.

완벽하다는 것은 결코 실현될 수 없는 이상이다. 욕망의 절대적인 충족이나 완성도 기대할 수 없다. 영원한 문명은 존재하지 않는다. 로마시대의 문명도 몰락의 길을 걷고 말았다. 법도 예술도 영원한 것이 아니다.

만약 그대의 업적을 완성이라는 기준에 맞추어 평가한다면, 그대는 너무나 비참하게 느껴질 수밖에 없다. 적절한 선에서 멈추고 그대의 성과에 대해 만족할 줄 알아야 한다.

# 결함에 관해
On deficiency

그대의 결함은 결코 부끄러운 것이 아니다. 세상 사람들은 끊임없이 약점과 결함을 극복하기 위해 지혜를 기르면서 도움을 주고 도움을 받는다.

그대가 다른 사람들과 협력한다면, 그대의 노력은 몇 배나 커다란 결실을 거두게 될 것이다. 인간이 언제나 창조적일 수 있었던 것은 바로 수많은 결함을 지니고 있었기 때문이다.

# 과거에서 벗어나
# 미래의 길로 접어들어라

Stay away from the past, and get on the road to future

　　과거의 속박에서 벗어나지 못하면 미래를 개척하지 못한다. 영혼의 성숙을 알리는 행동은 성공에 대한 것만이 아니라 실패에 대해서도 책임을 받아들이겠다는 자세에서 비롯된다.

　　또한 성숙을 나타내는 조짐은 그 결과가 무엇이든지 간에 과거의 일에 대한 결과들을 툭툭 털어버리고 미래를 자신만만하고 희망차게 만들 수 있도록 자기 자신을 준비하는 태도에서도 엿보인다.

　　그대 이외에는 그 어느 누구도 그대가 무엇을 느낄 것이고 무엇을 생각할 것인지 그대를 대신하여 결정할 수 없다. 과거의 중압감에서 벗어나 자유롭고 희망차게 미래를 맞이해라.

# 흔들리는 감정을 다스려라
Learn how to control the shaky emotions

　　그것은 어려운 일이긴 하지만 할 수 없는 일은 아니다. 인간은 불완전한 존재이기 때문에 감정에 쉽게 휘말려들기도 한다. 긴장과 불안이 일반적으로 인간의 특성을 규정하는 것인지도 모른다.

　　그러나 너무나 자주 다른 사람에게 느끼는 분노나 증오는 그대의 인생에 커다란 해악을 끼치는 원인이다. 그대는 증오심을 품고 상대방이 불행하게 되기를 바라지만 마치 부메랑처럼 불행은 증오심을 품고 있는 그대 자신에게로 되돌아온다.

# 증오를 사랑으로 바꾸기

How to transform hatred into love

그대가 원한과 증오에 힘을 쏟을 때, 그대의 삶은 그대의 의지에 따라 움직이는 것이 아니라 상대방의 손에 묶여 있는 것이다.

그대의 영혼이 온통 미워하는 상대방에게 쏠려 있을 때, 그대는 더 이상 발전할 수 없으며 행동도 의지대로 조정할 수 없게 되는 것이다.

그대의 관심은 온통 상대방에게 쏠려 있기 때문에 인생의 목적을 향해 나아갈 수도 없다. 소중한 미래를 증오 때문에 포기한다는 것은 도저히 있을 수 없는 일이다.

# 복잡한 분쟁에 끼여들지 마라

Stay away from complicating feuds

소란을 진정시키고 싶으면 되는 대로 맡기고 자연스럽게 수습되기를 기다리는 것이 좋다. 특히 이권이 걸려 있는 소송의 와중에 휘말려버렸을 경우에는 더욱 그러하다.

분쟁의 폭풍우에 휩싸이면 즉시 파도가 잔잔하고 안전한 항구를 찾아라. 소란을 가라앉히기 위해 몇 가지 해결책을 제시해도 사건을 더욱 복잡하게 만드는 결과가 되는 경우가 많다. 이권의 향방이 걸려 있어서 어느 누구도 좀처럼 양보하려고 하지 않는 문제가 발생하면 신에게 그 해결을 맡기고 한 걸음 물러나라.

유능한 의사는 약을 처방하지 않는 경우에도 처방하는 경우에 뒤떨어지지 않도록 조심스럽게 처신하는 법이다. 분쟁을 해결하기 위해 두 팔을 걷어붙이고 나서는 것보다 때로는 굳이 아무것도 하지 않는 것에 보다 깊은 지혜가 숨겨 있는 법이다.

# 위기에서 벗어나는 지혜를 익혀라
Build the knowledge that will rescue you from risks

    삽시간에 모든 것을 휩쓸어버리는 회오리바람과 정면으로 맞서는 것은 어리석은 일이다. 안전한 장소에 몸을 기대고 그 회오리바람이 지나가기를 기다리는 것이 상책이다. 위기에 맞서 몸을 숨기는 것은 궁극적으로 성공을 거두기 위해 안배하는 행동이다.

    흐린 샘물을 맑게 하기 위해 손을 휘저으면 더욱 흐려질 뿐이다. 맑은 물로 되돌리려면 그저 가만히 놓아두고 지켜보는 것이다.

# 관용의 미덕을 베풀어라

Learn how to use the virtue of tolerance

　용서는 반드시 그 대가를 돌려받는다. 누군가 그대에게 잘못했을 때, 대부분의 경우에는 복수를 꿈꾸게 된다. 비록 그 복수가 언제나 잘못된 길로 인도하더라도 말이다.

　하지만 그대가 분명하게 알고 있어야 하는 사실이 있다. 그것은 분노가 그대 자신을 향하고 있다는 것이다. 거센 분노의 물줄기는 그대가 있는 곳을 향해 밀려오고 있다.

　그리고 그대를 더욱 커다란 불행 속으로 밀어 넣는다. 가장 커다란 복수는 그대가 너그러운 마음으로 용서하면서 인생의 길에서 일탈하지 않는 것이다.

# 희망과 행복으로 진로를 돌려라

Turn your key to hope and happiness

아무리 억울한 일이 있다고 해도 분노에 사로잡혀 있으면 행복한 미래를 기대할 수 없다. 그대의 열정을 분노에 쏟지 말고 희망과 행복이 기다리고 있는 인생의 행로에 쏟아야 한다.

진정한 분노는 그대 자신을 안으로 갈무리하는 것이다. 소중한 열정을 결코 엉뚱한 곳에 쏟을 수는 없다. 원한을 품는다는 것은 절대로 필요하지 않은 일이다.

# 그대를 더욱 빛나게 해주는 사람과 손을 잡아라

Hold the hands of those who can make you shine

자꾸만 그늘로 몰고가는 사람이 있다면 더 이상 관계를 맺지 않는 것이 좋다. 그대를 그늘로 인도하는 사람은 그대보다 더 높은 자리를 차지하게 된다.

비록 그대의 재능이 더욱 뛰어나다고 해도 말이다. 인생의 주역은 그 사람의 몫이 되고 그대는 그와 손잡은 것을 후회하게 된다. 그대가 모든 일을 주도했더라도 그늘 속에 있다면 모든 찬사와 평가는 당연히 빛 가운데 있는 사람을 비추는 것이다.

그대를 그늘로 쫓아버림으로써 그는 보다 높은 인정을 받는다. 누군가의 그늘 속에 들어가 있다면 주목을 받기 어렵다.

# 삶의 뿌리를 깊이 내려라
Let your life take deep roots

    고난과 좌절에도 흔들리지 않도록. 가장 위대한 사람의 인생은 한 번도 실패하지 않고 살아가는 것이 아니라 실패할 때마다 조용히, 그러나 힘차게 일어서는 것이다.

# 아주 작고 사소한 것처럼 보이는 일들로 인해 인생을 망치게 되는 경우가 많다

We often make trivial and unimportant issues ruin our entire life

별로 중요하지 않은 결점들이 방해를 해서 큰 인물이 되지 못하고 있는 사람들도 있다. 마치 멀리 떨어진 산은 한눈에 보이지만 정작 바로 눈앞에 있는 나무는 보지 못하고 있는 셈이다. 잘 관찰해 보면 대개의 사람들은 작은 결점을 고치기만 하면 좀더 뛰어난 인물이 될 수 있다는 사실을 알게 된다. 어떤 사람은 성실성이 부족하기 때문에 훌륭한 재능이 드러나지 않는다. 어떤 사람은 끈기가 부족한 점이 문제로 남는다.

특히 이제 막 두각을 나타내기 시작한 사람의 결점은 자칫 주위의 눈에 뜨이기 쉽다. 성급한 판단, 마무리를 허술하게 하는 일, 함부로 말하는 것과 같은 사소한 결점은 조금만 주의를 기울이면 금방 극복할 수 있다. 사소한 결점을 고치면 더욱 인정받는 사람이 될 수 있을 것이다.

# 말을 할 수 있는 자유
Freedom to speak

하지만 그 자유는 될수록 아끼는 것이 좋다. 말수가 적으면 적을수록 책임져야 하는 결과도 적다. 어떤 말도 결국은 자신에게 되돌아온다는 사실을 명심해라. 바람은 한 방향으로만 불지 않기 때문이다. 의견을 말하는 것은 자유이기 때문에 아무리 말해도 상관없다고 생각하는 사람도 있다.

그러나 다른 사람에게 그 벌금을 지불할 때가 되어서야 비로소 그것이 잘못이라는 사실을 깨닫는다. 통찰력이 뛰어난 자는 온화한 말과 예리한 논리를 이용한다.

# 불행한 과거에서 벗어나라

Get over with the unfortunate past

　　과거의 실수가 그대를 억압하도록 만들지 마라. 그대는 얼마든지 고통스러운 과거의 굴레에서 벗어날 수 있다.

　　과거가 후회와 어두운 그림자로 뒤덮인 것이라고 해도 그대는 자신을 사랑하고 양육할 수 있는 올바른 방법을 배울 수 있다.

　　사실 과거의 사슬은 무척 연약한 것이다. 그대에게 주어진 상황을 보다 적극적으로 그리고 보다 긍정적으로 이용한다면 그대는 지금보다 더욱 발전한 미래를 기대할 수 있다.

# 절약의 미덕에 관해
On the virtue of frugality

물질적으로 지나치게 풍족하면 친구보다 숨은 적을 만든다. 사치스러운 인생을 누리기 위해 호화로운 물품들을 소유하는 것은 올바른 처사가 아니다. 그런 것들은 자신이 갖고 있는 것보다 다른 사람이 갖고 있는 편이 더욱 즐거운 법이다.

값비싼 물건을 구입했을 때, 처음에는 물론 그 소유자도 기쁨을 누릴 수 있지만 나중에는 결국 다른 사람만을 기쁘게 할 뿐이다.

어린 아이는 장난감을 가지고 놀다가 다른 장난감이 생기면 어느 사이에 처음 가지고 놀았던 장난감을 까마득히 잊어버리게 된다. 그런 식으로 물질적으로 풍요로운 사람의 소유물은 순식간에 다른 재산과 뒤섞이면서 그것을 처음 구입했던 당시의 즐거움이 없어지게 되는 법이다.

그리고 누군가에게 칭찬받지 않으면 그것이 있다는 사실조차 잊어버린다. 하지만 다른 사람의 소유물은 두 배로

즐길 수 있다. 그 매력을 가끔씩 방문하면서 느끼기 때문에 항상 신선한 눈으로 감상할 수 있는 것이다.

사치품을 소유하면 그것을 감상하는 즐거움을 제대로 느낄 수 없을 뿐만 아니라 때로는 친구의 질투나 반감을 사게 되는 경우도 있다.

# 판단력을 기르면
# 목적지에 도착하는 길이 훨씬 빨라진다
Good judgments can take you to the destination faster

면학의 목적은 판단력을 기르는 것이다. 판단력이 없으면 읽어야 할 책과 그렇지 않은 책을 결정할 수 없다. 어떤 저자를 신용할 수 없는지, 어떤 의견이 합리적인 것인지 결정하는 것도 판단력의 힘이다. 성실하게 노력하면서 독서하지만 무엇 하나 훌륭한 업적을 남기지 못하고 성애를 마치는 사람도 있다.

그것은 균형 있는 판단력이 부족했기 때문이다. 그는 항상 가장 최근에 읽은 책이 새로운 지식을 담고 있는 것이라고 생각한다. 가령 올바른 시각으로 판단하면 일고의 가치도 없는 책이라고 해도 말이다.

판단력을 기르지 못하면 가치가 없는 책이라도 최근에 읽은 내용이 가장 훌륭한 것처럼 보인다. 그의 가치관이 흔들리기 때문이다.

# 위대한 지혜는 아무리 흉내를 내어도 모방할 수 없다

Great wisdom is not for anybody to emulate or copy

오직 자기 자신의 인내력과 노력에 의해 익혀 가야만 한다. 사람들은 저마다 각기 다른 개성을 소유하고 있다.

그 개성을 잘 활용하면서 자신의 몸에 맞는 지혜를 익혀야 하는 것이다.

먼 바다를 항해하는 선원과 농작물을 경작하는 농부의 길이 다르고 정치가와 철학자의 길 또한 다르다. 모방은 오직 모방에 그칠 뿐이다.

# 칼을 빼기 전에 다시 한 번 생각하고
# 일단 칼을 빼었으면 단호하게 대처하라

Think twice before you pull your sword out,
but do not hesitate once you pulled your sword out

평화를 사랑한다면 싸움의 무대로 올라가기 전에 끝을 미리 예상하고 결전에 임해야 한다. 칼로 적의 육체는 굴복시킬 수 있지만 마음까지는 어떻게 할 도리가 없다.

승리를 거두더라도 싸움에 진 적을 너그럽게 대하는 것이 좋다. 그것은 적의 마음까지도 굴복시키는 일이다.

# 적을 인정하라
Acknowledge your enemies

적을 무시하거나 차서 떨어뜨리려고 할수록 그대의 평판만 나빠진다. 운명이 걸려 있을 때, 정정당당한 태도로 싸우는 사람은 드물다.

평소에는 긍지를 갖고 온화하게 살던 사람이라도 야심적인 경쟁 상대가 나타나면 투지를 노골적으로 드러내는 경우가 있다. 예절로 감추고 있던 욕망을 적대감으로 표출하는 것이다.

그러나 적을 차서 떨어뜨리기 위해 어떤 계책을 세우더라도 결국 자신의 평판을 다치는 결과가 된다는 사실을 알아야 한다. 비방하기 위해 적의 능력이나 가치를 애써 축소한다면 그대의 결점만 더욱 크게 보일 뿐이다.

서로 이성을 잃고 싸우면 과거의 개인적인 문제나 오점을 파고들어서 해묵은 상처를 후비는 행동까지 하게 된다. 싸움이 점차 격렬해지면 중상모략도 하게 되고 이기기 위해 도의를 무시하고 어떤 일이라도 저지르게 된다.

적의 자질과 능력을 인정하고 담대한 태도로 싸우면 비록 밀려나게 되더라도 그대의 평판은 더욱 높아진다. 적도 그대의 용기를 높이 살 것이다.

# 두뇌는 아무리 사용해도 닳지 않는다

Brains never wear out no matter how much you use them

오히려 사용하면 사용할수록 잘 연마되어서 더욱 커다란 성과를 거두게 된다. 세상에 결정적인 영향을 미친 위대한 도구가 바로 두뇌인 것이다.

또한 두뇌만큼 연마하고 사용함으로써 끊임없이 진보하는 도구도 없다. 자신의 능력을 일시에 모두 사용하는 것은 서투른 짓이라고 생각하는 사람들이 있다.

힘은 만약의 사태에 대비하기 위해 저장해 두지 않으면 안 된다고 하는 것이다. 정작 큰 일이 벌어졌을 때, 그 힘을 사용한다고 하면서 그들은 마치 평소에는 말을 천천히 달리게 하지만 위급할 때에는 박차를 가해서 빨리 달리게 한다고 주장한다.

만약 두뇌가 말의 근육이나 뼈와 같은 것이라고 한다면 이것은 지당한 말일지도 모른다. 하지만 두뇌의 쓰임새는 전혀 다르다. 활은 아무리 잡아당겨도 부러지지 않고 휘어질 뿐이다. 많이 휘어진 활이 화살을 멀리까지 날려보

낸다.

지금 당장 두뇌를 극한까지 활동시켜서 그 능력을 최대한으로 활용하도록 해라. 두뇌는 더욱 민첩하게 반응하고 점점 더 활발하게 움직일 것이다. 두뇌는 때때로 한꺼번에 움직이는 것보다 항상 움직이는 편이 진정한 의미의 단련이라는 사실을 잊으면 안 된다.

# 행운은 그대의 것
## Happiness is on your side

　행운의 여신이 머물고 있는 집에는 서로 다른 두 개의 문이 달려 있다. 하나는 도자기를 만들기 적합한 하얀 돌로 만들어졌고 다른 하나는 불행을 예고하는 검은 돌로 만들어졌다.

　하얀 돌로 만든 문에는 명예와 만족, 충만, 휴식, 성공, 사랑, 희망이 행복의 문패에 걸려 있고, 검은 돌로 만든 문에는 경멸과 질시, 불안, 절망, 패배, 증오, 좌절과 같은 슬픈 가족들이 모여 있다.

　모든 사람들이 행운의 여신을 만나기 위해 그 문으로 들어간다. 그러나 이 집에는 한쪽 문으로 들어가면 반드시 다른 문으로 나와야 한다는 규칙이 있다.

　행복의 문으로 들어간 사람은 슬픔의 문으로 나와야 하고 슬픔의 문으로 들어간 사람은 행복의 문으로 나온다.

# 징검다리와 행복은 서로 닮은 꼴이다

Steppingstones and happiness are one of the two kinds

　　징검다리와 징검다리 사이에는 물이 흐르고 있듯이 행복과 행복 사이에는 그대를 비롯한 많은 사람들이 있다.

　　대부분의 좌절과 고통은 다른 사람과의 관계에서 비롯된다.

　　그대가 다른 사람에게 커다란 영향을 미칠 수 있다는 사실은 아주 중요한 발견이다. 언제 어디서나 기회가 주어질 때마다 그대가 다른 사람에게 호의를 보인 만큼 다른 사람도 그대에게 호의를 보인다는 사실을 기억해야 한다.

　　그대는 모든 것을 의지대로 움직일 수 있다. 징검다리를 건너는 것처럼 행복을 끌어안아야 한다.

# 지위를 보고 친구가 되는 사람은 많지만 인격을 보고 친구가 되는 사람은 드물다

Many people will become a friend on account of your position,
but only a few will become a friend on account of your integrity

교제하면서 서로에게 열매를 맺도록 도와주는 친구도 있지만 때로는 수확을 할 수 없도록 방해만 하는 친구도 있다.

지금처럼 어지럽고 야심에 찬 세상에서는 인격보다도 사회적 지위에 의해 친구가 선택되는 경우가 많다. 그런 친구는 이득을 취할 수 있을 때에는 기꺼이 따르지만 피해가 예상될 때에는 배척한다.

친구의 선택은 인생의 중대사가 걸린 문제라고 할 수 있다. 그러나 친구를 만날 때, 깊이 생각하지 않는 경우가 많다. 하지만 일단 친구를 사귀게 되면 끝까지 믿을 수 있어야 한다. 친구를 믿지 않는 것은 친구에게 속는 것보다 더 부끄러운 일이다.

# 가장 어려운 시기에도 끝까지 남아서
# 용기를 주는 친구를 만나라

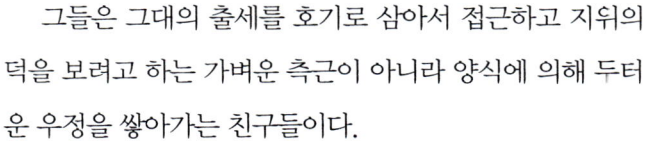

Make friends with those who will remain
to encourage you even in the hardest of times

그들은 그대의 출세를 호기로 삼아서 접근하고 지위의 덕을 보려고 하는 가벼운 측근이 아니라 양식에 의해 두터운 우정을 쌓아가는 친구들이다.

그저 즐겁다고 하는 정도로는 친구라고 말할 수 없다. 친구의 인격을 보고 교제하는 것보다 쾌락의 동반자로 삼으면서 만나는 경우도 있기 때문이다.

# 복수에 관해
On revenge

　적이 그대에게 화살을 날리더라도 즉시 대응하지 마라. 감정에 휩싸인 채 대응하면 적에게 치명상을 입힐 수 없다.

　마구잡이로 날리는 화살은 과녁을 맞추기 힘들다. 활에 화살을 재어 놓고 적당한 시기를 기다려라. 한 방에 적이 쓰러질 수 있도록.

　잠시 기다리다 보면 적에게 화살을 되쏘는 기회가 자연스럽게 조성될 것이다. 화살 끝에 복수의 마음을 담고 기다려라. 마침내 기회가 찾아오면 그 화살을 적의 양심을 향해 쏘아라.

# 돈은 자신을 알아주는 주인을 섬긴다

Money serves those who recognize its value as its master

돈의 가치를 진실로 아끼고 사랑하는 주인을 위해 증식하면서 부지런히 그리고 만족스럽게 주인을 위해 일한다.

하지만 아무렇게나 불어나는 것은 아니다. 돈을 다루는 현명한 능력을 갖고 투자하는 주인에게만 달라붙는다.

# 불행에서 벗어나기 위해 노력하라

Try to break free from misfortunes

　　그러나 어떤 사람은 불행을 너무 좋아해서 불행을 맞이하기 위해 앞으로 달려나간다. 불행을 좋아하는 사람은 없다.

　　그 어리석음으로 인해 불행을 자초하기 때문에 불행을 좋아하는 것처럼 보인다. 한 가지 분명한 사실은 불행을 만드는 일에 자기 자신이 한 부분을 이루고 있다는 것이다.

# 기회를 잡아라
Grab opportunities

기회는 소중하다. 기회는 대부분의 사람에게 공평하게 분산되어 있지만 그 기회를 가지고 무엇을 하는가에 대한 것은 전적으로 개인에게 달린 문제라고 할 수 있다.

어떤 사람은 발전을 가져오는 기회들을 눈앞에 두고도 놓쳐버리고 그대로 지나간다. 어떤 사람은 아주 작은 기회를 도약의 발판으로 삼아 멋지게 성공한다.

모든 일에 만족하지 못하거나 분노를 느끼는 사람은 기회를 보지 못하고 있는 것이며 비록 보았다고 해도 그 기회를 잘못 이용하고 있는 것이다.

# 선택은 그대가 하는 것이다
## Choice is for you to make

인생에는 수많은 갈림길이 있고 그대의 선택에 따라 운명이 주어진다. 그대에게는 기회를 볼 수 있는 능력이, 그것을 이용할 수 있는 능력이 있다.

그 능력은 선택하는 힘이다. 그대가 운명을 선택할 수 있는 힘을 가지고 있다는 사실을 깨닫는 일은 아주 중요하다. 만약 지금의 처지가 불만족스럽다면 그 상황을 바꾸는 일을 선택할 수 있다.

물론 변화시키는 것을 선택하지 않을 수도 있겠지만, 그렇게 하면 불만족의 영역에서 한 치도 벗어날 수 없다. 선택은 바로 그대 자신이 하는 것이다. 모든 상황을 바꿀 수 있다. 지금 그대의 삶이 만족스러운 것이 아니라면.

# 적을 친구로 삼아라

Make friends out of your enemies

그것은 한꺼번에 두 마리의 토끼를 잡는 일이다. 적을 치되, 가능하면 포섭하는 것이 좋다. 훌륭한 능력을 갖춘 적이라면 더욱 그렇다. 어려운 처지의 적을 내몰지 말고 포용하면 반드시 그 대가를 얻는다. 적이 공격하는 방향을 미리 예측하고 그 자리에서 피해라.

모욕은 되돌려주는 것보다 피하는 편이 더욱 현명하다. 적을 끌어들여서 그대를 비난하던 입으로 칭송하도록 만들어라. 그대의 명예는 한층 더 높아질 것이다. 적에게 은혜를 베풀면 혀 끝의 독이 달콤한 꿀로 변한다.

# 창작과 모방에 관해
On creating and emulating

　무엇인가를 새롭게 만드는 일은 어렵고 이미 만들어진 것을 그럴듯하게 모방하는 일은 쉽다. 그래서 다른 사람의 창작품을 적당히 모방한 후에 새로운 창작품이라고 주장하는 것은 커다란 유혹이다.

　하지만 명성은 그런 식으로 인해 만들어지는 것이 아니다. 모방을 통해 명사가 된 자는 아무도 없다. 잠시 동안 주목받을 수는 있겠지만 세간의 평가는 눈 깜짝할 사이에 추락해 버리고 명예는 흔적도 없이 사라진다.

　고목에 기생하는 일년생 잡초는 날씨가 추워지면 시들고 만다. 그러나 깊은 우물은 아무리 가뭄이 심해도 바닥을 드러내지 않는다.

# 물질적인 풍요가
# 행복을 만드는 것은 아니다
## Materialistic wealth is not what brings you the happiness

막대한 부가 진정으로 행복하게 만들 수 없다는 사실을 그대는 알고 있다. 오직 따스한 사랑이 담긴 마음과 깨끗한 양심만이 행복하게 만들 수 있다는 사실도 알고 있다.

그러나 종종 많은 물건을 저장하고 쌓아올리는 행등이 그 자체로써 중요한 것처럼 행동한다. 무엇 때문에 그 물건을 쌓아올리는 것인지 그 이유를 잊어버리고 있는 것이다.

조금만 뒤를 돌아보아도 그대는 위태로운 삶의 균형을 다시 회복할 수 있다. 물질적 삶에 이끌리는 영혼은 위험할 정도로 균형을 잃어버리고 있다.

그것을 다시 안정적인 상태로 만드는 일은 자신에 대한 성찰과 반성에 의해 가능하다. 욕망에 이끌리지 않는 순수한 빛으로 모든 것을 직시해야 하는 것이다.

# 사교에 관해

On being sociable

　대사를 의논할 때에는 잡담을 삼가고 그 자리에서 오가는 말에 집중하라. 사교의 명수는 모욕을 웃음으로, 부정을 긍정으로 바꾸어 놓는다.

　견식이 깊은 사람은 적에 대해 나쁘게 말하지 않고 오히려 좋게 평가한다. 뜻밖의 관대한 태도를 보임으로써 적을 깜짝 놀라게 해서 적의를 우정으로 바꿀 수 있다.

# 큰 마음을 가져라
## Have a big heart

　초조한 태도를 내보이지 마라. 아무리 다급한 상황에 처하더라도 겉으로 보기에는 여유만만한 것처럼 행동하는 것이 좋다.

　조급한 마음을 진정시키고 흥분을 억누른 채 가만히 상대방을 응시하면서 그저 기다리고 있으면 승리는 저절로 찾아온다. 알콘* 은 침착한 태도로 인해 무사히 아들을 구할 수 있었다. 현명한 사람은 초조한 마음을 조심성으로 감싼다.

---

* 크레타 섬에 살던 활의 명인. 뱀이 잠들어 있는 아들을 습격했을 때, 아들에게 아무런 해도 입히지 않고 뱀을 쏘아 죽였다.

# 적과의 싸움에서 이긴 것은 반드시 종이에 기록하고 진 것은 가슴 속에 묻어라

When fighting with enemies, make sure to record it
on paper when you win, and bury it in your heart when you lose


패배를 교훈으로 삼아야 하겠지만 그럴 때에는 가슴 속에 묻어둔 고통을 돌아보도록 해라. 승리를 거둔 적에 대해서는 기록하지 않는 것이 좋다. 글을 통해 자신의 패배를 변호할 생각조차 하지 마라.

그것은 적을 더욱 훌륭하게 보이도록 만드는 일에 도움을 주는 결과를 초래할 수 있다. 한 번 기록되어서 역사에 남게 된 말은 항상 사람들에게 기억되고 더구나 두 번 다시 지울 수 없다.

# 천한 무리들과 어울리지 마라

## Do not mix in with a group of indecent people

　속물들과 어울리면 그대의 명예와 평판에도 흠이 간다. 속물들의 문제는 거들떠보지도 않도록 해라. 한푼의 돈에 눈이 멀어서 등잔 밑도 들여다보지 않는 자들과는 사귈 가치가 없다. 그대에게 가르침을 청하더라도 그대로 내버려두는 것이 가장 좋다.

　나뭇가지가 마구 뒤틀리면서 뻗어나가는 고무나무에게 곧게 뻗어나가는 전나무를 닮으라고 아무리 충고해도 공염불에 그칠 뿐이다. 작은 웅덩이는 호수에 담긴 물을 채울 만한 능력이 없다.

# 하찮은 인간을 대하는 방법

How to deal with insignificant people

어리석은 자는 자신을 크게 보이기 위해 다른 사람을 비난하거나 현명한 사람을 억지로 낮춘다. 큰 사람은 가만히 있어도 그 가치가 저절로 드러난다.

자신을 드러내고 다른 사람을 평가절하하는 사람을 가만히 있도록 하려면 묵살하는 수밖에 없다. 그들은 뻔뻔스럽게도 한 시대를 이끄는 영웅을 능가함으로서 주목을 받으려고 하고 있을 뿐이다.

하찮은 인간에게 침묵을 가르치려면 그들의 존재 따위에는 신경쓰지 않고 태연자약하게 있는 것이다.

# 이 세상에 그 자체로 완전한 행복
# 혹은 불행, 행운 혹은 불운은 없다

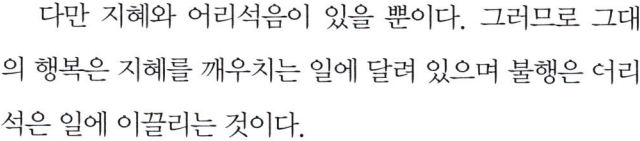

There is no happiness, misery, or misfortune
that are perfect by itself

다만 지혜와 어리석음이 있을 뿐이다. 그러므로 그대의 행복은 지혜를 깨우치는 일에 달려 있으며 불행은 어리석은 일에 이끌리는 것이다.

지혜로운 자는 행운을 찾아다니지 않고 불행을 두려워하지 않는다. 오히려 행운과 불행을 지배하며 운명의 별위에 군림하며 어떤 종류의 종속관계보다 우위에 있다. 지혜가 넘치는 사람에게는 불행의 여지가 없는 것이다.

# 그대를 노리는 손길은
# 항상 은밀하게 움직인다

The hands that will harm you always move in hiding

흉계를 품고 접근하는 적에게 빈틈을 보여주면 안 된다. 확실하지 않는 태도로 일하는 사람을 대할 때에는 항상 주의하라.

그대가 방심한 틈을 타서 심장을 노리려고 하는 사람의 태도는 항상 애매한 법이다. 그런 사람은 진심을 숨김으로써 목적을 이루려고 하고 있다.

흉계는 적당한 시기를 기다리면서 등 뒤에 숨어 있다가 빈틈을 보이면 사나운 기세로 달려든다. 적이 흉계를 꾸미고 있을 때, 잠들어 있어서는 안 된다. 함정에 빠지지 않도록 조심하고 적의 흉계를 유리하게 이용해라. 흉계를 미리 알아차리고 앞질러 버리면 적은 아무것도 할 수가 없다.

# 기쁨과 슬픔은 한 형제
Joy is the sibling of sadness

　슬픔은 기쁨과 섞여 있고 나쁜 일이 있으면 좋은 일이 생긴다. 항상 행복한 사람도 없고 항상 불행한 사람도 없다. 행복이 발을 들이미는 순간 슬픔이 행복의 장막 속으로 들어온다.

　나쁜 소식 뒤에는 반드시 좋은 소식이 온다. 달은 찼다가 기울면서 모든 것을 바꾸어 놓고 불운 뒤에는 행운이 뒤따른다.

# 어떤 날은 흐리고 어떤 날은 청명하다
Some days are cloudy, and some days are clear

    홍수가 지나간 다음에는 잔잔한 흐름이 이어진다. 폭
우는 반드시 그치고 날이 밝아온다. 참혹한 전쟁이 끝나면
안전한 평화가 찾아온다. 그대는 다만 옹달샘을 채우는 물
방울처럼 작은 행복을 받아 마시면서 살아간다. 만족한 미
소를 지으면서.

    공연히 행복을 찾아다니기 위해 인생을 피곤하게 살아
갈 필요는 없다. 행복은 지금 여기에 있지도 않고, 또한 그
래야만 한다.

# 죽음도 힘이 된다

Death can be an energy, as well

때로는 세상을 떠나는 것이 진정한 위안이 되기도 한다. 타게스* 도 자신의 역할이 모두 끝나자 흙이 되었다.

그대의 인생에 많은 슬픔이 없다면, 그대의 삶이 고통으로 둘러싸인 것이 아니라면 아무도 인생의 품에서 떠나지 않을 것이다. 죽음의 가치는 바로 여기에 있다.

만사가 즐겁고 편안하고 행복하기만 하다면 어느 누구도 천상의 어머니 품으로 돌아가기 위해 세상이라는 사악한 유모의 품에서 떠나려 하지 않을 것이다.

---

* 에트루리아 신화에 등장하는 신의 아들. 땅에서 솟아난 타게스는 타르퀴리아 부근을 통치하던 군주들에게 예언과 지혜를 주고 다시 흙으로 돌아갔다.

# 영혼의 안식을 누리는 길은 오직
# 자기 자신을 잊어버림으로써 가능하다

You can find peace of soul only when you let go of your ego

그대의 삶에 편안함을 안겨주는 것이 있다. 갑작스러운 인생의 변화와 그 충격을 적절하게 완충시켜 주는 것이 있다. 그것은 바로 사랑이다.

하지만 그대가 다른 사람들과 화음을 맞추지 않는다면 이런 편안함을 두 번 다시 느끼지 못할 것이다. 먼 여정을 떠나는 그대의 여행길을 밝히고 있는 등대는 다른 사람들의 영혼 속에 깃들어 있는 것이다.

# 조화로운 세상에 관하여

About the harmonizing world

이 세상은 수천 수만 개의 악기들이 조화를 이루면서 연주하는 거대한 공연장이다. 그대도 역시 그 악기의 일부분이다. 그대의 음색을 강조하기 위해 억지로 소리를 낸다면 전체적인 조화는 한꺼번에 무너지고 만다. 세상이 펼치는 조화로운 음악에 참여하고 싶다면 자기 자신을 뛰어넘어 보다 넓게 생각해야 한다. 다른 사람들의 음악에 관심을 보이면서 그들이 펼치는 화음에 그대의 화음을 조화시킬 수 있어야 한다. 데프레*음악의 비결은 오직 전체의 조화로움에서 비롯된 것이다.

그대가 연주하는 악기는 오직 화음 속에서만 그 가치를 드러낸다. 한 시간 동안 연주하는 교향곡에서 단 한 번 연주하는 악기라고 해도 그 가치가 줄어드는 것은 아니다. 오히려 단 한 번 울리는 그 소리가 교향곡 전체의 감동을 더욱 크게 만들 수 있는 것이다.

*프랑스의 음악가. 밀라노와 로마 등지의 교회에서 지휘자로 활약했다. 네덜란드 각파의 대위법을 계승했으며 수많은 명곡을 남겼다.

# 나그네의 눈으로
# 그대의 모습을 돌아보도록 하라

Look yourself through the eyes of outsiders

드넓은 세상을 두루 여행하는 나그네의 눈으로 자신의 인생을 바라볼 수 있도록 그대는 시야를 더욱 넓힐 수 있어야 한다. 서로에 대한 사랑은 그대의 영혼을 더욱 고귀한 것으로 만들고 있다. 그리고 서로의 관점을 함께 공유하는 것은 모두를 하나로 결합시키고 사물의 의미를 보다 깊게 만들면서 더 나아가 세상 사이에 벌어진 틈을 메우는 일이다.

만약 이 세상을 하나로 연결하고 싶다면, 그대는 자신을 초월하면서 모든 일에 대해 생각하고 꿈을 꾸어야 한다. 그대의 인생에는 자기 나름대로의 독특한 리듬이 있다. 그러나 그대는 개인적인 리듬을 초월한 보다 넓은 리듬을 포함하고 있어야 한다. 세상은 나 혼자의 것이 아니라 우리 모두의 것이기 때문이다.

## 상대방의 속마음을 간파하라

Read the mind of the others

　대부분의 경우에 사물은 외관과는 다른 법이다. 겉모습에만 신경을 빼앗겨서 내실을 다지려고 하지 않는 자는 곧 환멸을 맛보게 될 것이다.

　빈 수레는 요란한 소리가 나지만 짐이 잔뜩 실린 마차는 좀처럼 소리가 나지 않는다. 아카시아나무는 강렬한 향기를 내뿜지만 나무의 재질은 형편없다. 반면 참나무는 향기는 없지만 그 재질이 단단해서 쓰임새가 아주 많다.

# 시기심과 악의는 피하기 어렵다

Envy and malicious intentions are always hard to avoid


마음이 옹졸하고 도량이 좁은 자들은 자신보다 뛰어난 능력을 가지고 있는 사람들을 즐겨 헐뜯는다. 역설적으로 들리겠지만 지혜로운 사람은 결점이 없다는 사실로 인해 소인들로부터 비난받는다.

시기심과 악의를 달래기 위해 가벼운 죄를 범한다거나 신중함과 용기에 약간의 허점을 보이는 것은 방어를 위한 좋은 방법이다.

이 세상에는 재능을 변질시킬 수 있고 완벽을 타락시킬 수 있으며 가장 정당한 일을 최악의 것으로 추락시킬 수 있는 형이상학적인 독을 몰래 품고 있는 자들이 있다.

그러므로 약간의 죄를 범해 시기심의 뼈를 없애고 적의 독을 푸는 정치적 수완이 필요하다. 가벼운 과실이라고 하는 대비책을 세워서 병을 물리쳐라.

진정한 지혜는 약간의 죄를 통해 심장에서 독을 빼낼 수 있는 방법을 터득하고 있다. 작은 결점은 도리어 그 사

랑스러움을 더욱 완벽하게 만들어주기도 한다. 입술 위에
난 점은 더욱 매력적으로 보인다. 자연의 장난은 바로 이
런 것이다.

# 재능이 뛰어난 사람이라도 단번에 일인자의 위치에 오를 수는 없다

You cannot climb to the top at once,
no matter how talented you are

거칠고 투박한 원석을 가공해서 눈부신 광채를 뿌리는 보석을 만드는 일은 지고한 인내와 노력이 필요하다.

그러나 많은 사람들이 그런 일에 질색한다. 어느 날 잠에서 문득 깨어나 산꼭대기에 올라가 있는 자신의 모습을 꿈꾼다. 여전히 산기슭에서 돌아다니고 있는 세상 사람들을 의기양양한 태도로 내려다보겠다는 생각을 품고 있는 것이다.

이처럼 많은 사람들은 무엇인가 위대하고 눈부신 일을 할 훌륭한 기회가 돌아오지 않을까 기다릴 뿐 아무런 노력도 하지 않으면서 그저 팔짱이나 끼고 나날을 낭비하면서 일생을 헛되이 보내다가 세상을 떠난다.

최고의 위치에 오를 수 있는 기회가 돌아오는 것은 바로 땀흘려 노력을 거듭하고 있는 순간이다.

# 어지러운 광란의 시대를 헤치고 나가려면 대세를 읽어라

Learn how to read the grand trend of the time if you want to move forward in the time of confusion and chaos

세상이 어지러울수록 더욱 더 많은 비극이 태어난다. 용기를 품고 불의에 맞서던 많은 사람들이 난폭한 폭력 앞에서 귀중한 생명을 잃기도 한다. 지혜로운 사람은 난세에 함부로 행동하지 않는다. 이성이 통하지 않는 상황에 처하면 허리를 굽힐 수도 있어야 한다.

그러다가 헛되이 생명을 잃어버리면 진정한 용기라고 할 수 없다. 사냥을 앞둔 맹수는 오히려 발톱과 이빨을 감추는 법이다. 우거진 수풀 사이에 맹수가 도사리고 있다는 사실을 사슴이 모르도록 하기 위해.

# 하나의 악덕이 많은 이자를 낳는다

One small evil can birth many interests

    그대의 부주의한 행동으로 인해 잘못을 저질렀을 때에는 즉시 책임을 지고 공식적으로 해명하라. 무조건 잘못을 부인하는 것보다 왜 그런 잘못을 저지르게 되었는지 이유를 설명하는 쪽이 더 훌륭한 인격을 드러낸다.

    그대의 책임이 아니라고 주장한다면 보다 많은 거짓말이 그대의 입에서 나올 수밖에 없다. 악덕이 뿌리를 내리지 못하도록 단호하게 행동하라.

## 세상을 통찰하는 지혜와
## 흔들리지 않는 명성을 겸비하라

Build the unshakable reputation and the wisdom
to see through the world

그 명성과 지혜가 그대의 존재를 더욱 빛나게 만든다.

인생의 목적을 정하고 그 길을 따라 깊이 정진하면 성공의 환한 빛이 비친다.

인생의 진정한 목적을 찾지 못하고 떠돌아다니는 사람들은 언제까지나 낯선 이방인일 수밖에 없다. 그리고 자신의 선택에 대해 자신감이 넘치는 목소리로 주장하지도 않는다. 그것은 용기가 없기 때문이다. 그대는 지금 걸어가고 있는 길을 잘 알고 있어야 한다.

삶의 중심이 있는 곳은 바로 그대의 가슴이다. 아무런 목적도 없이 이리저리 방황하는 것은 그대의 길이 아니다.

그대의 삶은 그대가 직접 계획하고 결정하는 것이다.

# 세상의 주인이 되라
Be the master of the world

그대의 힘으로 세상을 움직이는 것이다. 하지만 스스로 세상의 도피자가 되기를 원하는 사람들이 있다. 지혜를 통해 깨달음을 얻고 홀로 고독한 상태에서 사색하기 위해 은둔하는 것이 아니라 자신감이 없어서 달아나는 것이다.

그들은 자신의 힘으로 운명을 결정하지 못하고 누군가 '당신은 이런 사람이오'라고 결정해 주기를 기다리고 있다.

그 결정에 따라 자신의 모든 것을 내맡기는 것이다. 그런 삶은 연극의 주연이 될 수 없다. 단막극에 출연하는 배우 지망생에 불과하다.

# 어떤 장애라도
# 극복할 수 있는 힘을 길러라

Build the power that can overpower any obstacles

연출자가 어떤 배역을 맡길 때, 그대가 동의하지 않는다면 그 배역은 아무런 의미도 없다. 그 배역을 결정하는 것은 바로 그대 자신의 의지와 행동이다. 연출자가 지정한 버역이 선한 배역이든 그렇지 않으면 악한 배역이든 상관없이 그대가 그 배역을 맡겠다는 결정이 필요한 것이다. 만약 그대가 연출자의 배역을 받아들이지 않는다면, 그대는 그 배역을 공연하지 않아도 좋다. 때때로 그대는 삶이 그대에게 제안한 것들을 받아들이기 어렵다는 사실을 느끼게 된다. 그리고 아무런 고민도 하지 않고 연출자가 지정하는 어떤 배역이든지 그대로 맡아버리는 것이 훨씬 수월하다고 생각하는 경우도 있다. 하지만 이런 결정은 결과적으로 커다란 비극을 초래한다. 많은 사람들이 삶의 중심을 발견하지 못하고 허공에서 표류하고 있다. 표류의 막을 내리고 운명의 닻을 내려라. 그리고 삶의 중심에 정박할 수 있어야 한다.

# 협조에 관해

On cooperation

　　다른 사람에게 협조하는 것을 추종이라고 생각하는 자들이 있다. 그러나 협조와 추종은 커다란 차이가 있다. 추종은 스스로 선택할 수 있는 힘이 완전히 결여되어 있기 때문에 무조건 다른 사람의 의견에 따르는 것을 의미한다.

　　협조는 혼자의 힘으로 할 때보다 더욱 많은 것을 성취하기 위해 다른 사람과 힘을 합치는 것을 의미한다. 과거 이집트의 군왕들은 나일강의 절벽에 자신의 얼굴을 새겨 넣었다. 협조의 힘이 아니었다면 생각조차 하지 못했을 일이다. 이처럼 협조는 위대한 일을 성취하는 밑거름이 된다.

# 함부로 약속하지 마라

Do not make promises on random

    순간적인 기분에 휩싸이거나 감정에 이끌려 지키지 못할 약속을 남발하면 남들의 비웃음을 살 뿐이다. 공허한 약속을 늘어놓으면 나중에는 그 빚을 감당할 수가 없다.

    말을 하기 전에는 항상 주의하는 것이 좋다. 그렇게 하면 무책임한 말의 노예가 되는 것으로부터 자유로울 수 있다. 입술은 수천 가지 복을 불러들일 수도 있고 수만 가지 화를 초래할 수도 있다.

# 적당한 시기를 기다려라

Wait for the right moment

　그리고 때가 되면 매처럼 날카로운 발톱으로 잡아채는 것이다. 강은 급류를 발견할 때까지는 그 흐름을 두텁게 유지하고 좀처럼 그 깊이를 드러내지 않는다. 지혜로운 사람은 때가 무르익을 때까지 자신의 그릇을 밝히지 않는 법이다.

　지혜와 용기는 반드시 필요하지만 성공을 자신의 것으로 하기 위해서는 더욱 숨길 부분은 숨기고 비밀로 할 부분은 비밀로 해두는 것도 필요하다.

# 전성기는 만인에게 찾아온다

Everybody will have the height of prosperity in their life

그 시기를 놓칠 수는 없다. 전성기에 더욱 번창하기 위한 준비를 게을리하지 마라. 나무는 한여름에 더욱 푸르다. 조락을 맞이하는 가을과 동면의 겨울을 대비하기 위해 힘을 비축하는 것이다.

전성기를 맞이하면 모든 힘을 끌어모아서 그 운을 더욱 번창하게 가꿀 수 있어야 한다. 안식의 계절에 평은한 시간을 보낼 수 있으려면.

# 행운을 믿지 마라
Do not believe in luck

아주 변덕스러운 행운은 한 자리에 가만히 앉아 있지를 못한다. 언제나 다른 곳으로 떠나기 위해 고개를 돌린다. 여자처럼 변덕스럽고 바람둥이처럼 자주 변심한다. 행운이 떠날 때에는 옷자락을 붙잡으면서 애원하지 말고 그저 담담하게 떠나보내라.

제피로스<sup>*</sup>는 바람의 보따리를 한 곳으로만 풀어놓지 않는다. 바람의 속도도 항상 다르다. 행운의 도움이 없더라도 당당하게 살아갈 수 있어야 한다.

절대로 행운에 매달리지 마라. 오히려 행운이 뒤를 따라다니도록 만들어라. 행운은 자신에게 거만한 자를 사모한다.

---

<sup>*</sup> 바람의 신. 주로 부드럽고 잔잔한 서풍을 담당한다. 별들의 신 아스트라이오스와 새벽의 신 에오스 사이에서 태어난 아들.

# 시작은 올바르게, 끝은 깨끗하게

Begin in the right way, and close in the transparent way

생을 좋지 않은 방법으로 시작한 사람은 좋지 않은 방법으로 인생을 끝마친다.

삶이 진정 어렵고 힘들 때에도 어긋난 길을 걸어가면 반드시 늪지를 만나게 된다. 일단 늪지에 발을 담그면 헤어나오기는 정말 어렵다.

# 심판관의 자리에는
# 서지 않는 것이 좋다
It is better not to be on the shoes of a judge

올바르고 그른 것을 판별할 수는 있지만 이권이 걸린 문제는 그 어느 쪽도 만족하기 어렵다. 게다가 다른 사람을 재판하는 입장에 있는 사람들은 자기 자신을 한 번도 제대로 재판해 본 적이 없다. 자신의 처지도 제대로 모르면서 다른 사람을 재판한다는 것은 위태로운 일이다.

만약 어쩔 수 없이 심판관의 입장이 되더라도 가장 먼저 그 사람의 입장에서 생각해야만 한다.

# 모든 영웅은 행복과 위대함 외에
# 미덕을 갖추고 있다

All heroes have the happiness, greatness, and the good virtue

당대의 영웅이 되는 것은 용기와 지혜를 갖추면 가능
하다. 그러나 후대까지 칭송받는 영웅이 될 수는 없다.

역사에 그 발자취를 남기는 영웅이 되려면 미덕을 벗
으로 삼아야 한다. 그것은 몹시 지난하고 어려운 일이다.

# 그대의 실수로 인해 생긴
# 잘못에 대해서는 즉시 책임을 져라

Take responsibility for the wrongs created by your mistakes

거짓은 한 발로 서고 진실은 두 발로 선다. 한 발로 서면 위태롭기 때문에 언제라도 넘어질 수 있지만 두 발로 버티고 서면 좀처럼 흔들리지 않는다. 자신의 실수를 솔직하게 밝히고 책임을 진다면 순조롭게 해결될 것이다.

그러나 잘못을 회피하려고만 한다면 거짓말을 할 수밖에 없다. 그것은 한 걸음 앞으로 전진하려다가 여러 걸음 뒤로 물러나는 일이다.

아무리 괴로운 일이라 해도 순리대로 푸는 것이 가장 현명하다.

# 분주하게 돌아다니면서
# 여러 장소에 얼굴을 비치는 것은
# 지혜의 거울을 깨뜨리는 일이다

Scurrying around and showing up on many places is
like smashing your own mirror of wisdom

정성껏 그대를 초대한 곳으로 가면 환대받을 수 있지
만 경거망동을 일삼으면 돌아오는 것은 손가락질뿐이다.
반드시 예절을 지켜라.

다른 사람이 말하고 있을 때 끼여들지 않도록 조심해
라. 주제넘게 참견하면 두 번 다시 초대를 받지 못할 뿐만
아니라 그대의 명예에도 금이 가게 된다.

# 목적과 수단에 관해

On means and ends


인간이 저지르는 저속한 잘못 가운데 하나는 목적을 수단으로, 수단을 목적으로 만드는 것이다. 그런 실수는 끝을 내야 하는 곳에서 시작하고 시작해야 할 곳에서 끝을 내도록 만든다.

통찰력을 가진 현명한 자연은 인생이 가질 수밖에 없는 고통에 대한 위안으로 쾌락을 선물했다. 자연은 그대가 절망으로부터 빠져나올 수 있도록 지혜로운 계획을 세운 것이다.

그러나 인간은 바로 여기에서 파멸한다. 인간은 어떤 사나운 동물보다도 야만스럽게 스스로를 타락의 길로 이끈다. 쾌락을 인생의 목적으로 삼고 인생을 쾌락을 얻는 수단으로 삼는다. 그러자 모든 악은 쾌락을 그들의 인도자로 받들게 되었다. 자연의 선물이 악의 보금자리가 된 것이다.

# 거꾸로 선 인생은
# 등잔에 불을 밝힐 수 없다
You cannot light a candle when you are upside down in life

    등잔의 심지에 불씨를 당기는 것은 손이지만 거꾸로 선 자는 손을 바닥에 붙인 채 허공에 두 발을 휘저으면서 어떻게 할 줄을 모른다.

    살기 위해서 먹는 것이 아니라 먹기 위해 살게 되며 일하기 위해 쉬는 것이 아니라 놀기 위해 일한다. 그는 종족을 번식시킬 생각은 전혀 하지 않고 욕망만 키운다.

    자신을 알기 위해 노력하지 않고 스스로를 잊어버리기 위해 애쓴다. 필요한 말은 한 마디도 하지 않고 헛되이 헛소문만 옮기고 다닌다. 삶을 즐기는 것이 아니라 즐거움을 위해 살아간다.

# 정상에 올라설 기회를 노려라

Look for a chance to stand at the top

가장 높은 정상의 자리는 눈부신 곳이다. 그렇기 때문에 만인이 그 자리를 차지하기 위해 노력하는 것이다. 하지만 그 자리는 오직 땀흘리면서 노력을 거듭할 때 찾아온다.

한 걸음 한 걸음 고생하면서 올라가면 올림푸스 산이라도 능히 꼭대기까지 오를 수 있다.

몇 년에 걸친 자기 수양과 인내심 그리고 끈기를 통해 불가능을 가능으로 바꾸어 놓는다. 일단 정상에 올라가서 주위를 둘러보면 세상만사가 한눈에 보인다. 구름까지도 그대의 발 밑에서 떠다니고 있을 것이다.

# 꽃은 만개할 시기가 되면 피어나고
## 달은 차면 기운다

Flowers bloom when it is the time to bloom,
and the moon wanes after it is full

 

   융성한 기운이 있으면 몰락도 있기 마련이다. 현명한 사람은 움직이고 있을 때, 정지할 시기를 생각한다. 쉬지 않고 돌아가는 수레바퀴도 언제인가는 멈추게 된다.

   약삭빠른 도박사는 돈을 따고 있을 때 자리를 털고 일어날 구실을 찾는다. 잠시라도 한눈을 팔고 있으면 행운이 떠나간다. 그리고 그 자리를 불운이 비집고 들어온다.

# 타협의 기술

The art of negotiating

별다른 무리없이 인생을 살아가려면 타협하는 일에 익숙해야 한다. 특히 업무상 많은 사람들을 상대해야 하는 입장에 처해 있으면 타협이 성공의 여부를 결정짓기도 한다. 이 세상에는 도저히 납득할 수 없는 행동을 일삼는 비천한 자들도 있다. 도저히 공생할 수 없을 것 같은 자들이지만 살다보면 만날 수밖에 없는 경우도 생긴다.

따라서 그런 자들과 얼굴을 마주 대해야 하는 상황에 쫓겼을 경우에 자신을 억제할 수 있도록 타협의 기술을 익혀두는 것도 하나의 지혜라고 할 수 있다. 처음에는 온몸의 털이 곤두서는 것처럼 느껴질 수도 있지만 서서히 그 두려움은 사라지게 된다.

이윽고 불쾌함에 대한 저항력이 생겨서 그런 자들을 대해도 그림에 그려진 짐승을 보는 것과 마찬가지로 아무런 감정이 없어지게 된다.

# 어지럽고 혼탁한 세상

The world, confused and chaotic

사람과 사람 사이의 귀중한 믿음이 파괴되고 우정은 더 이상 성장하지 않는다. 진리는 구석으로 내몰린다. 성실하게 일하는 자는 아무런 보답도 받지 못하고 게으른 자는 이득을 본다.

어떤 자에게는 불안을 느끼고 어떤 자에게는 불신을 품고 또한 어떤 자에게는 배반당하는 일에 대한 두려움을 가지고 있다.

이런 상황에서 지혜를 익히지 않으면 손실을 당하게 되는 경우가 많다. 항상 무겁고 신중하게 행동하는 것이 좋다. 작은 흙더미는 몇 번의 삽질로도 쉽게 자리를 옮기지만 에르츠 산맥*은 온갖 고난에도 불구하고 오래 전부터 그 자리를 지키고 있으며 수많은 보석들을 간직하고 있다.

---

보헤미아와 삭소니아 지방을 연결하는 산맥. 대규모 광산들이 운집해 있으며 금과 은, 주석, 구리, 철 등을 산출하고 있다.

# 대세를 따르고 순리를 지켜라

Follow the grand trend and abide by the right ways

큰 강의 물줄기는 상류로 거슬러 올라가지 않는다. 다른 사람의 나쁜 일에 대해서는 떠들지 않는 것이 좋다. 아무렇지도 않게 한 말이 다른 사람의 마음에 지울 수 없는 상처를 남기게 된다.

가시밭을 멀리 하고 장미 정원을 가꾸어라. 순리를 지키면 모든 일을 순탄하게 처리할 수 있다.

# 지나치게 친절한 태도를 보이는 자를 경계하라

Be cautious of those who are excessively kind

아부가 모두 호의에서 나온다고는 할 수 없다. 원하는 것이 있으면 허리를 숙이는 법이다. 친절하게 행동한다고 해서 상대방을 완전히 믿을 수는 없다.

그대를 돌보는 것이 아니라 단순히 이용하고 있거나 희생양으로 삼기 위한 계책을 꾸밀 수도 있기 때문이다.

# 과거의 성인들이 남긴 금언을 익혀라

Remember the golden words from the ancient saints by heart

　　세상은 갈수록 어지러우며 도덕관이 타락하고 있다.

　　정치가들 사이에는 점차 불신감이 퍼지고 종교 지도자들조차도 타락한 상인들과 아무런 차이가 없는 이기적인 추한 권력 싸움에 뛰어든다.

　　이러한 세상에서 살아남으려면 현실적인 문제를 다룬 충고와 경고가 필요하다. 광기의 시대를 견디려면 지혜가 담긴 금언을 마음에 새기고 있어야 한다.

# 신중한 사람은 함부로 직장 동료에게
# 자신의 고민을 털어놓지 않는다

Those who are prudent never talk about
personal issues to co-workers

이미 지나가버린 과거의 불행에 대해서도 침묵을 지킨다. 때때로 운명은 그대의 가장 아픈 곳을 찌르면서 가지고 논다. 직장 동료는 그대의 불행을, 그대처럼 절실하게 느끼지 않는다.

도리어 재미있다는 듯이 그대의 불행을 지켜보면서 즐긴다. 나중에 경쟁상대가 되었을 때에는 그대의 약점을 폭로하거나 급소에 일격을 가하기도 한다.

# 진리를 밝히는 책을 벗으로 삼아라

## Befriend with books that can light the path to the truth

책을 통해서 세상의 이치를 알 수 있는 것이다. 그렇기 때문에 인생의 한 시기를 전대의 귀중한 사상가나 작가를 친구로 삼아서 보내는 것이 좋다. 데모크리토스[*]의 귀중한 지식들도 모두 책에서 얻을 수 있다.

그러나 어느 한 부류에 몰두하는 것은 좋지 못하다. 한 권의 책에 모든 진리가 들어있는 것은 아니다. 골고루 독서하면서 지혜의 바다를 항해하도록 해라.

시간이 흐르면서 강의 물줄기가 그 흐름을 달리하듯이 진리도 시대에 따라 점차 변하기 때문이다. 책에 담긴 진리가 아니라 세상을 살아가는 지혜가 더욱 중요하다. 인생의 조언이 되는 것은 모두 그대의 것으로 만들어라.

[*] 그리스의 유명한 철학자. 아브데라에서 태어났으며 박학다식하여 후대에 수많은 저작물을 남겼다. 물질을 구성하고 있는 원자들이 스스로 운동하고 있다는 주장을 펼쳤으며 유물론적 세계관의 확립에 커다란 영향을 미쳤다.

# 행복은 누릴 만한 자격이 있는 사람만이 누릴 수 있다

Happiness is only for those who deserve it

　　행복을 추구하는 것도 좋지만 그 행복을 누릴 수 있는 자격을 갖춘 사람이 되는 것이 더욱 중요한 일이다. 올바르고 참된 인격을 가진 사람만이 행복을 맞이하게 된다.

　　올바른 인격을 갖추지 못하면 행복은 그저 그림 속의 궁전에 불과하다. 그림 속의 궁전이 아무리 화려하다고 해도 현실의 원두막보다 못한 법이다.

# 지도자는
## 스스로 선두에 서지 않는 편이 좋다
Leaders are better off staying away from the forefront

정치나 사업에 있어서 지도력을 갖춘 사람은 재앙의 순간을 대비하기 위해 방패를 준비한다. 잘못된 일처리의 책임을 다른 사람이 지도록 하는 방법을 알아두는 것이다.

비오는 날 마차가 지나가면 아무리 조심해도 흙탕물이 튀기 마련이다. 지위를 질투하는 자들은 항상 비난할 기회를 노린다. 잘못이 있을 경우에도 조직의 관리 통솔에 지장을 초래하지 않도록 선두에 선 부하를 희생양으로 삼아라.

그리고 그 부하의 잘못을 너그럽게 용서하는 것이다.

그런 행동은 그대의 역량이 더욱 크게 보이도록 만든다.

# 약간은 부족한 것이 행복을 만든다

Happiness can be found when you are in want of something

    욕심을 모두 채우고 나면 권태가 남는다. 내일을 위해 어느 정도 희망을 남겨두는 것이 좋다. 모든 것을 손에 넣으면 희망이 없어져 버린다. 약간의 희망을 남겨 두어야만 항상 호기심에 차고 희망에 불타오를 수 있다.

    또한 언제나 동경을 품을 수 있도록 가장 커다란 목표의 등정은 신중하고 주도면밀하게 진행해야 한다. 피타쿠스[*]는 완성보다 미완이 더욱 소중하다는 것을 알기 때문에 이렇게 말했다. "전체보다 절반이 더 위대하다."

    모든 소원이 이루어지고 모든 목표가 달성되었을 때 나태와 두려움의 시간이 시작된다.

[*] 고대 그리스를 이끌던 일곱 명의 현인 가운데 한 사람.

# 심성이 악한 자들과 사귀지 마라

심성이 악한 자들과 사귀지 마라.

차라리 어리석은 자들과 만나는 것이 더욱 낫다. 어리석은 것은 지혜로 일깨울 수 있지만 사악함은 이기적인 실리에 맞추어 음모를 꾸미거나 배반하는 성질을 띠고 있어서 훨씬 형편이 나쁘고 대책이 없다.

사악한 자는 말하는 것도 분별이 없고 어느 누구에게나 시비를 걸고 트집을 잡는다. 그들은 무지를 따르는 충실한 제자이고 거짓을 옹호한다. 그런 자를 만나면 관계를 맺지 않도록 조심해야 한다.

사업상의 관계로 인해 어쩔 수 없이 만나게 되는 경우에도 일정한 거리를 두는 것이 좋다. 깊은 교제는 반드시 그대에게 해로움을 미친다.

# 도움을 받았을 경우에는 반드시 갚아라

Always ensure to return the favor when helped by others

　아무리 사소하고 작은 것이라고 해도, 도움을 받은 사람은 그 사실을 잊어버리기 쉽지만 도움을 준 사람은 결코 잊지 않는다.

　다른 사람의 친절이나 호의에 보답하는 경우에도 한 번에 감사를 표하지 말고 시간을 들여서 조금씩 몇 번에 걸쳐 표하는 편이 더욱 상대방의 기억에 남는다.

# 업무를 처리하는 방법

How to fulfill tasks

쉬운 일은 더욱 조심스럽게, 어려운 일은 쉬운 생각으로 대하라. 쉬운 일의 경우에는 부주의나 자만, 어려운 일의 경우에는 무기력이나 두려움 때문에 실패를 초래하게 되는 경우가 많다.

얕보고 덤비는 것일수록 커다란 함정이 도사리고 있다. 조심스러운 태도로 대하면 때로는 불가능하다고 생각되는 일도 달성할 수 있다.

사전에 계획은 정성껏 검토해야 하지만 아무런 소용도 없는 잡다한 생각으로 이것저것 지나치게 따지다 보면 결국 불안이나 공포에 사로잡히게 된다. 공포는 성공의 적이다. 그것이 방해가 되어서 자신감이 흔들리기 때문이다.

# 눈은 마음의 창이다

Eyes are the window to the mind

눈의 움직임으로 상대방의 마음을 읽어라. 눈빛은 항상 진정한 속마음을 비추기 마련이다.

눈의 움직임을 관찰하고 거기에 비치는 마음을 해독하라. 가볍게 찌푸리는 눈썹, 입술을 깨무는 일, 자꾸만 깜박거리는 눈꺼풀, 약간 떨리는 목소리, 일부로 다른 곳을 응시하는 눈동자 등은 모두 상대방의 진심을 파악할 수 있는 중요한 단서라고 할 수 있다.

표정이 아무리 선량해도 사악한 생각이 들어있을 수도 있는 것이다. 화를 내야 하는 경우에 화를 내지 않는 것도 선의나 진심에서 나온 것인지 의심할 필요가 있다.

# 영혼이 뒤틀린 자를 믿지 마라

Do not trust those whose souls are twisted

그들은 만나는 모든 사람들의 발을 걸어서 쓰러뜨리려고 하는 버릇을 갖고 있다. 그들은 이성보다도 감각에 의해 사물을 파악하고 개인적인 감정이나 기분에 이끌리면서 살아간다. 진실과는 거리가 먼 허튼 소리를 늘어놓기도 한다.

일그러진 영혼은 그 얼굴에 나타나기 마련이다. 교제하는 사람의 진심을 읽어라. 원인을 알면 그 결과도 예상할 수 있다.

# 시간의 가치에 관해

On the value of time

한 번 지나간 세월은 다시 되돌릴 수 없다. 연습이 아닌 실전의 인생을 살아라. 아무리 훌륭한 성과를 거두었다고 해도 연습이라면 별 의미가 없다.

최고의 성적은 항상 실전에서 거두어야 한다. 어떤 때에는 길을 잘못 들어서고 어떤 때에는 선택을 잘못할 수도 있다. 어떤 때에는 절호의 기회를 놓치고 어떤 때에는 좋지 않은 습관에 물들기도 한다. 편견에 사로잡힌 적도 있을 것이다.

지난 시절의 실수는 그 즉시 고치도록 해라. 실책은 성공을 꽃피우는 밑거름이다. 귀중한 시간을 잘 활용하면 두 배의 인생을 살아갈 수 있다. 그대의 인생을 전적으로 책임질 수 있는 유일한 사람은 그대 자신이다.

그리고 모든 책임이 그대에게 달려 있다는 사실은 얼마나 홀가분하고 자유로운 일인가.

# 홀로 서도록 하라

Learn how to stand alone

　누군가에게 의지한다는 것 혹은 누군가 그대의 삶을 좀더 풍부하게 좀더 완벽하게 좀더 만족스럽게 만들어 주기를 바란다는 것.

　그것은 그대를 더욱 불안스러운 상태로 몰아넣을 뿐이다.

# 완전한 절망은 없다
No despair is perfect in itself

    폐허 위에서도 항상 몸을 일으키기 위한 준비를 하고 있어야 한다. 고난의 시기가 끝나면 미래가 축복의 문을 열어젖힌다.

    보레아스*가 일으킨 폭풍이 아무리 거세다고 해도 항구에 정박한 배들을 모두 침몰시킬 수는 없는 일이다.

    닻을 내리고 튼튼한 밧줄로 묶어 놓은 배들은 안전할 것이다.

---

\* 사나운 폭풍을 다스리는 신. 거친 폭력과 파괴의 힘을 상징하기도 한다. 아테네인들은 보레아스를 수호신으로 삼고 제물을 바쳤다.

# 익명은 가끔씩 귀하게 여겨지는 법이다

Being anonymous can be important sometimes as well

그대의 신분을 감추고 자선을 베풀어라. 오른손이 모르게 왼손이 덕을 베풀면 그 후광은 더욱 빛난다. 종이로 꽃을 숨길 수는 있지만 그 향기까지 감추지는 못한다.

선행은 언제인가는 드러나는 법. 익명의 미덕은 더욱 진한 향기를 남긴다. 고집을 부리지 마라. 모든 일에 대해 합리적으로 파악하지 않고 무조건 고집을 부리는 것은 자신이 소인배라는 사실을 폭로하는 일이다.

고집이라고 하는 갑옷으로 몸을 무장한 채 지극히 간단하고 합리적인 주장을 애써 배척하는 자들이 있다. 개성이 강하거나 자기 주장이 뚜렷한 것은 고집과는 거리가 멀다.

고집을 부리는 행위는 얼굴에 나 있는 보기 흉한 상처와도 같은 것이다. 그러나 스스로는 그 인격적인 결함을 좀처럼 깨달을 수 없다.

# 다른 사람이 저지르는 잘못을
# 귀중한 본보기로 삼아라

Take the mistakes of others as a priceless models
for yourself

많은 사람들이 저지르기 쉬운 실수 가운데 하나는 다른 사람의 잘못을 보면서도 자신의 거울로 삼지 않는 일이다. 다른 사람의 어리석은 행동과 잘못에 대해 지나치게 너그러운 자세를 보이면 그가 계속 무능하게 행동하도록 방치하는 것과 같다.

어리석은 사람을 너무 자주 용서하면 나중에는 그대의 고결함도 흔들리게 된다. 확고한 신념을 가지고 다른 사람의 잘못에 대해 올바르게 평가하고 그대의 거울로 삼는다면 인생의 함정을 피할 수 있을 것이다.

# 평화적인 해결책을 먼저 모색하라

Search for peaceful solutions, first

무슨 일이 벌어졌을 때 대화로 해결하지 않고 만사를 투쟁으로 처리하려는 자들이 있다. 폭넓은 대화를 나누면서 서로 오해를 풀어나가는 것이 아니라 극한적인 대립상황으로 몰아가면서 폭력적으로 해결하려는 것이다. 그들은 평화적인 일처리 방법을 모른다.

그들은 친구로 삼아야 할 사람을 적으로 만들고 음모를 꾸며서 상대방의 몰락을 기다린다. 하지만 폭력이나 대립으로 일을 처리하는 것은 일시적인 방책에 불과할 뿐이다.

그런 일이 자꾸만 되풀이되면 그들의 계획은 무너지고 모두 허사가 된다. 인심을 잃어서 추방당할 수밖에 없는 것이다.

# 재능을 계발하라

Develop your talent

　　사람은 누구나 선천적으로 무엇인가 한 가지는 대단히
우수한 재능을 가지고 태어났다.

　　화려한 무늬의 독수리 깃털로 울긋불긋하게 장식한 벌
거벗은 야만인과 그리스의 철학자 아리스토텔레스*의 두
뇌에는 하늘과 땅 사이와도 같은 차이가 있다. 그 차이는
타고난 재능을 계발하는 방법에 달려 있다.

　　광산에서 막 캐낸 대리석은 윤기도 나지 않고 몹시 투
박하다. 그러나 일단 조각가의 손길이 닿으면 아름다운 조
각상으로 변하게 된다. 대리석의 질감이 생생하게 살아있
는 명작으로 다시 태어나는 것이다.

　　선천적으로 타고난 우수한 재능을 잘 계발하면 삶을
더욱 빛낼 수 있다.

---

*인류 역사상 최고의 현자라고 불리는 철학자. 플라톤의 아카데미에서 학문을 익혔으며
마케도니아의 제왕 알렉산더의 스승이 되었다. 「시학」과 「대화편」을 비롯한 수많은 저서를
남겼다.

# 이별의 기술을 익혀라

Learn the art of breaking up

만나는 것보다 이별하는 것이 더욱 중요하고 어렵다.

헤어질 때에는 모든 관계를 깨끗하게 처리해야 한다. 친구이든 적이든 헤어지게 되면 파탄은 피하는 것이 좋다. 그대의 평판에 흠집이 나고 새로운 친구를 만들기도 어렵게 되기 때문이다.

어쩔 수 없이 결별을 피할 수 없게 되었을 때에는 무엇인가 그럴듯한 구실을 찾아내도록 해라. 분노를 폭발시켜서 파탄을 초래하지 말고 저절로 흥이 식어서 떨어지도록 만들어라. 그것이 가장 깨끗하게 이별하는 방법이다.

## 중요한 사업을 시작할 때에는
## 냉정한 사람과 손을 잡아라

Hold hands with those with cold reason
when starting an important business

이성과 감정은 가끔씩 충돌하기 마련이다. 그런 일이 닥쳤을 때 이성을 따르지 않고 감정대로 행동하면 모든 일이 틀어지기 시작한다.

감정은 항상 이성을 짓밟을 수 있는 기회를 노린다. 냉정한 이성을 갖춘 사람의 도움을 받는다면 모든 일을 신중하게 처리할 수 있다.

# 인생의 배역에 관하여

About the role you play on the stage of life

    각기 다른 삶을 살아가고 있는 사람들은 자신에게 주어진 배역을 충실하게 공연하고 있다. 어떤 사람은 잘 연기하고 또 어떤 사람은 서툴게 연기한다.

    하지만 진정한 연기는 자신의 삶을 잘 다루는 일에 있는 것이 아니라 다른 사람의 삶을 어떻게 다스리는가에 의해 결정된다. 성공이나 실패는 한 사람의 능력에 달린 것이 아니라 부하들이 기꺼이 따르는가 마지못해 따르는가에 달려 있는 것이다.

    훌륭한 장군은 보다 많은 칭찬을 통해 강하고 좋은 병사를 키운다. 뛰어난 연기력은 자신의 역할에만 온통 관심을 쏟기보다는 다른 사람의 연기에 신경을 쓰면서 조화를 이루기 위해 노력하는 과정에서 생성된다.

# 에필로그

_____ 지혜를 담는 그릇

나를 만나는 길. 그 길을 따라 걸어가면 인생의 지혜에 대한 교훈을 만날 수 있다. 지혜는 무엇보다도 먼저 나를 아는 과정을 통해 빚어진다. 발타자르 그라시안은 세계적으로 유명한 저서 『지혜』를 통해 세상을 통찰할 수 있는 진정한 지혜가 무엇인지 제시하고 있다. 어둠이 깊을수록 별은 더욱 빛나는 것처럼 고난과 위선의 시대에 그라시안의 사상은 더욱 그 빛을 발한다. 밤이 아무리 어둡다고 해도 양초에서 흘러나오는 한 줌의 빛을 가둘 수는 없다. 그 빛은 스스로를 태우면서 주위를 환하게 밝히기 때문이다. 양초의 빛은 우리가 잠든 시간에도 홀로 빛난다. 어둠을 헤치고 생명의 숨결을 불어넣기 위해.

그라시안의 삶은 마치 스스로 자신의 몸을 태우면서 주위에 밝은 빛을 던지는 양초를 떠올리도록 만든다. 그의 저서는 출간되자마자 문명 세계의 모든 언어로 변역되어서 극찬을 받았다. 그 당시에 스페인을 다스리던 국왕 필립 4세는 그라시안의 저서를 읽고 "주옥과도 같은 책이다. 그 무엇과도 비교할 수 없다. 진정 위대한 사상이 들어 있다"라는 찬사를 보내면서 왕궁 도서관의 가장 좋은 자리에 꽂아 두었다.

17세기가 낳은 천재 그라시안은 도덕적 가치관이 붕괴되고 있던 시대에 보석처럼 빛나는 잠언의 힘으로 세상에 빛을 던졌다. 발렌시아의 사라고사 대학에서 수학하고 제수이트 교단에서 동료 수사들에게 설교하는 지도신부를 맡았던 그는 또한 군목사로서 탁월한 재능을 보여 군인들 사이에서는 '승리의 대부'라는 칭호를 받았다. 그리고 마드리드 궁정에서 국왕에게 철학 강의와 설교를 하기도 했다. 금욕적인 생활을 강조하던 제수이트 교단 상부의 간섭을 받지 않고 자유롭게 저술활동을 하고 싶었던 그는 문학 애호가인 후안 데 라스타노사의 도움을 받아 저서를 출간했다. 하지만 그의 저서는 상부의 허락없이 출판했다는 죄목으로 인해 수많은 고난과 핍박을 받았으며 금서가 되기도 했다.

반목과 불신의 세상에서 경쟁자들에게 밀려나지 않으려면 생존의 불을 밝혀주는 행동원칙을 세울 수 있어야 한다. 그라시안은 지혜의 원칙을 디딤돌로 삼아 최우의 승자가 되는 길로 우리를 이끌어나간다. 그라시안의 귀중한 사상과 신념의 세계는 니체와 쇼펜하우어에게 지대한 영향을 끼쳤으며 지금까지도 냉철한 이성과 지혜의 원천으로 널리 애독되고 있다. 그라시안은 아무런 꾸밈이나 가식도 없이 변덕스럽고 허영심에 차고 이기적인 인간의 한 전형을 놀라울 정도로 치밀하게 서술하면서 타락과 위선의 시대에 진정한 미덕이 과연 어떠한 것인지 그려내고 있다.

그라시안의 사상이 시대를 초월하면서 지금까지 이어질 수 있었던 까닭은 인생의 지혜를 철학의 좁은 울타리에 가두지 않고 일상생활 속에서 흔히 만나게 되는 다양한 일들을 너무나 친숙하고 쉬운 방식으로 다루고 있기 때문이다. 그렇다고 해서 사색의 무게까지 가벼운 것은 아니다. 오히려 가장 쉬운 언어로 가장 심오한 주제들을 설명하고 있다. 그라시안의 잠언들은 신랄한 어조, 빛나는 재치, 풍부한 주제, 놀라운 언어, 새로운 사고력, 예리한 풍자, 신선한 통찰에서 비롯되는 삶에 대한 탐구를 아무런 여과도 없이 그대로 드러낸다. 그것은 바로 진리의 양식이다. 우리는 진리의 성수를 마음과 머리에 기꺼이 쏟아부을 수 있어야 한다. 그리고 지혜의 의미에 대해 다시 한 번 사색하면서 견자의 눈으로 세상을 직시할 수 있어야 한다.

언뜻 보면 그라시안의 글들이 세상에 대한 냉소적인 시각과 차가운 경멸로 가득 차 있는 것처럼 보이지만 그것은 지극히 단편적인 시각이다. 오히려 지혜와 양심 그리고 미덕에 대한 내용을 기반으로 세상에 대한 따스한 애정이 도처에 스며들어 있다. 타락한 세상을 올바르게 일으키고 지혜의 힘으로 어둠을 밝히고 싶었던 것이다. 그라시안의 작품이 오랫동안 생명력을 지닐 수 있었던 것도 세상에 대한 사랑과 애정어린 시선으로 인해 가능할 수 있었다. 시대를 초월하는 강렬한 감동은 부정과 경멸에서 우러나오는 것이 아니라 긍정과 사랑에서 생성된다.

괴테의 말처럼 발타자르 그라시안의 『지혜』는 인생의 길안내로 삼기에 조금도 부족함이 없다. 지금 이 순간에 해가 저물더라도 절망할 필요는 없다. 그 해는 영원히 사라진 것이 아니라 다른 세상을 비추기 위해 잠시 자리를 이동한 것이다. 우리는 이 책을 통해 마음의 날개를 달고 해의 뒤를 어디까지라도 쫓아갈 수 있을 것이다. 발타자르 그라시안의 지혜가 온 세상을 가득 채울 수 있기를.